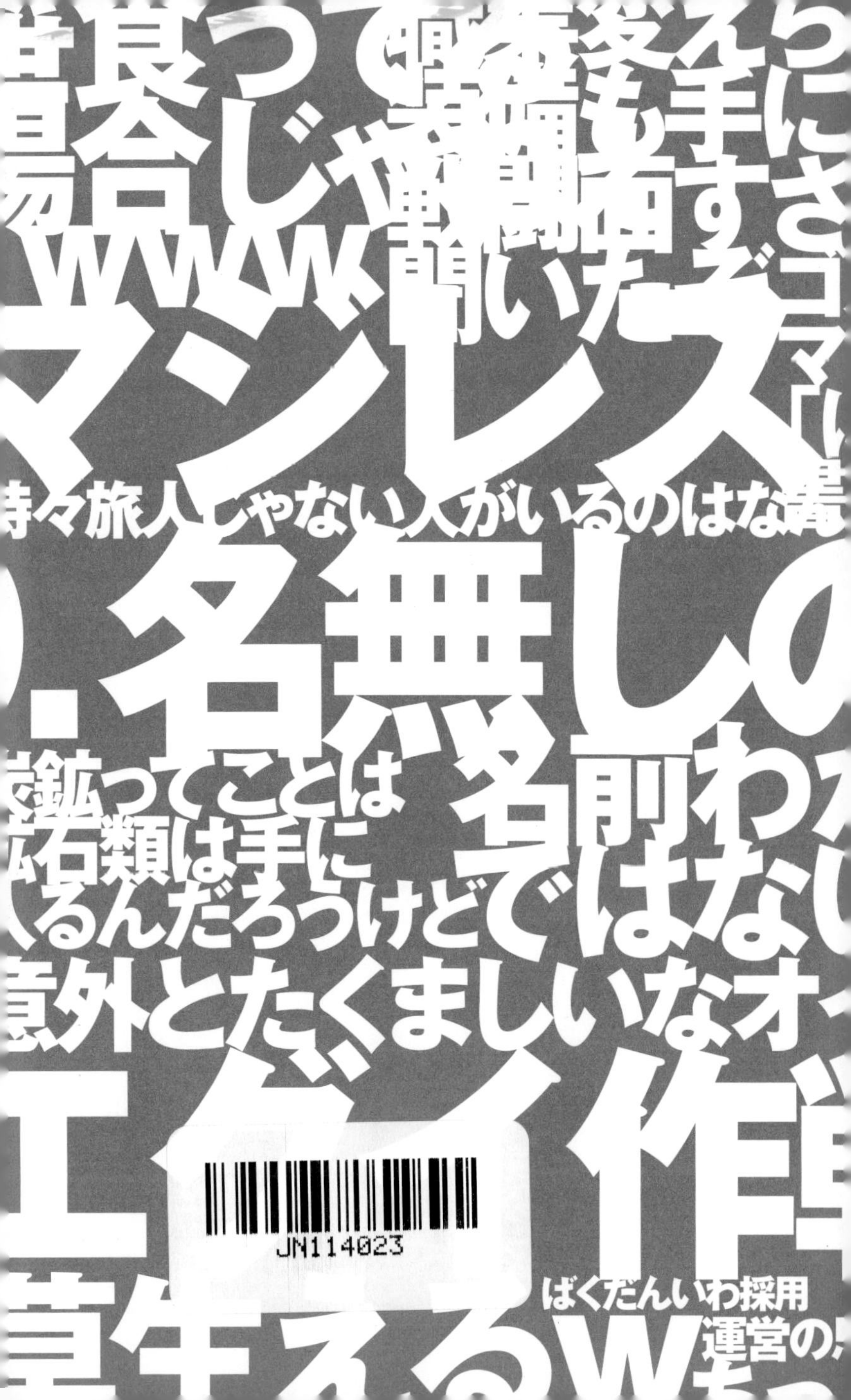
時々旅人じゃない人がいるのはな
名無しの
鉱ってことは
石類は手に
るんだろうけど
ではない
意外とたくましいなオ
ばくだんいわ採用
運営の
JN114023

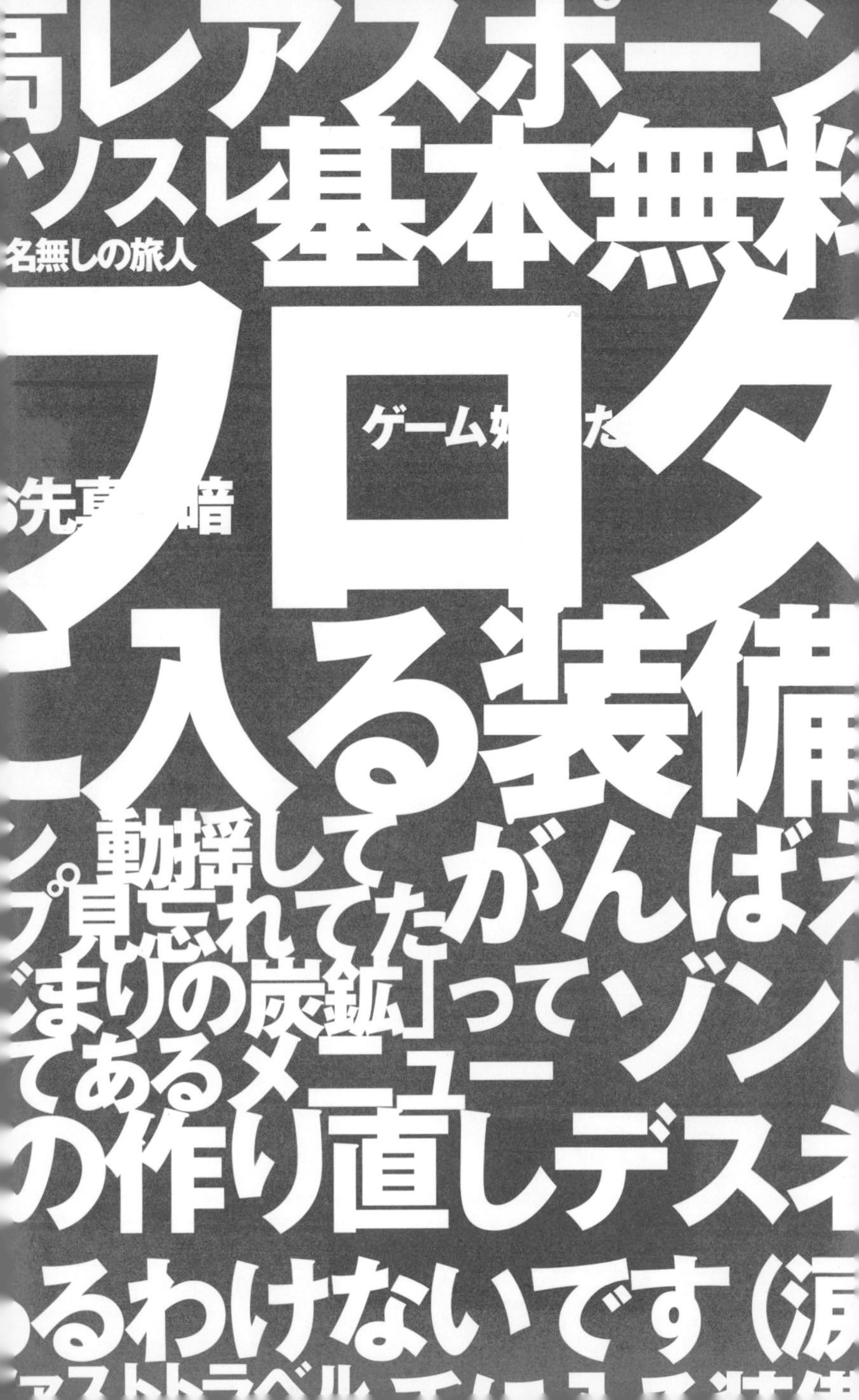

レアスポーン
ソスレ基本無料
名無しの旅人
ゲーム
た
先
暗
入る装備
動揺して
見忘れてたがんば
まりの炭鉱」って
ゾン
であるメニュー
の作り直しデスネ
るわけないです（涙

必殺『ドリルキャノン』!
ガァアアアアァァッ

CONTENTS

掲示板の
皆さま
助けて
ください

掲示板の皆さま
助けてください
いそがばまわる
イラスト 落合雅
PB PASH!ブックス
主婦と生活社

第一章　炭鉱夫ウェイクアップ！

最初に思い浮かんだのは、一寸先は闇という言葉だった。

目が慣れてくると、ほこりっぽいなという感想が出てくる自分に笑ってしまった。いわゆる異世界転生ものかと不安になってしまい――今にして思えば、何をバカなことを思っているのかと笑ってしまうが――とにかく覚えている通りにメインメニューを表示させた。

目の前に半透明の板状の光り輝く何かが出現し、ステータスや、オプションなどの文字が書かれている。

「良かった、普通に動いているな」

一昔前に流行ったデスゲーム[※1]系の小説みたいにログアウトができないなんてこともない。何の変哲もないＶＲＭＭＯＲＰＧ[※2]のメニュー画面がそこに表示されていた。

そもそも音量は小さいとはいえＢＧＭが聞こえていたことに、今ようやく気が付いた。太鼓を小さくたたくような音が、リズムよく響いている。

今や世の中ＶＲ（ヴァーチャルリアリティ）（フルダイブというべきか？）でオンラインゲームが普通に遊べる時代。親の世代でようやく黎明期（れいめいき）だったらしいことをこの前聞いたばかりだからか、印象に残っていた。

まあ、その話は本題じゃないので追々語ることもあるだろう。

僕が今問題にしているのはこのゲーム、『ボトムフラッシュオンライン』。通称『ＢＦＯ』――

【※1】デスゲーム。参加者の命を賭けたゲームのこと

【※2】VRMMORPG。仮想現実の大規模多人数型オンラインロールプレイングゲームの略称

口に出すと『ぶふぉ』——での初期スポーン[※3]位置がおかしなことになっている件についてだ。

チュートリアル[※4]を終えてさあ遊ぶぞ、というところでいきなりのブラックアウト。もしやバグだろうか？　そんな感じで困ったことになった僕はメインメニューのＢＢＳという項目が目に入り、おもむろにそれを開いて書き込みを始めた。

【※3】スポーン。キャラクターの出現

【※4】チュートリアル。ゲーム開始時の基本操作などのレクチャーのこと

【ここはどこ】掲示板のみなさま助けてください【一人ぼっちの世界】

1.お先真っ暗

ゲーム始めたらいきなり真っ暗な中スタートした。今メニューを明かり代わりに探索している。壁の中バグとかじゃないだろうかと怖いんだけど

2.名無しの旅人

ggrks

3.名無しの旅人

だからあれほど公式サイトを見ろと。初期位置はランダムだって言ったでしょおじーちゃん

4.名無しの剣士

マジレスすると、初期位置は「はじまりの」と付く地名からランダムで選出される。
それぞれレアリティがあって、レアリティが高いと人里離れた秘境や未踏の地みたいなことになるからそれじゃね？

5.名無しの旅人

マップ見れば名前わかるのではないかと

6.お先真っ暗

ゴメン。動揺してマップ見忘れてたよ。「はじまりの炭鉱」って書いてある

7.名無しの旅人
炭鉱は初めて聞くな。孤島とか火山は聞いたけど

8.名無しの旅人
なんだよレア報告の自慢かよ

9.名無しの旅人
いや、レア度高い初期スポーン位置だと教会がないからファストトラベル[※5]使えないし、ギルド[※6]がない場合も多いから職業変えられないし、装備も手に入らないから戦闘面すさまじく辛いって聞いたぞ

10.名無しの剣士
炭鉱ってことは鉱石類は手に入るんだろうけど……採掘するためのアイテムは？

11.お先真っ暗
あるわけないです（涙）

12.名無しの旅人
ww

13.名無しの旅人
草生えるw

14.名無しの旅人
これはキャラの作り直しデスネ

【※5】ファストトラベル。指定した地点へのワープ。フィールドが広いゲームにはよくある仕様
【※6】ギルド。職業別組合のこと。このゲームにおいては倉庫の利用、クエストの受注、職業の変更などを行える施設

15.名無しの旅人

初期スポーン位置はレア度低いほうが安定するからなぁ
手に入る装備やアイテムは弱いけどゲームは進めやすいし。高レアスポーン位置は玄人向けだよ

16.名無しの旅人

まあ1回はキャラの作り直し無料だし、作り直せばいいんじゃないかな

17.お先真っ暗

それはそれで運営の思惑に屈したみたいでいやだからこのまま進める。
せっかくだからこのまま炭鉱実況しながらにしよう

18.名無しの旅人

お、おう

19.名無しの魔法使い

意外な行動力。大丈夫？　後悔しない？

20.お先真っ暗

大丈夫。とりあえず石をインベントリ[※7]につっこみまくったらレシピ解放[※8]されて石斧とか作れるようになった。落ちてた骨と組み合わせてさらに掘り進められる

21.名無しの旅人

意外とたくましいなオイwww　あと、時々旅人じゃない人がいるのはなんでー？

【※7】インベントリ。ゲームにおいてはアイテムポーチなどと同じ意味で、プレイヤーの手持ちアイテムが入っている場所のこと
【※8】レシピ解放。自分でアイテムを作る場合、作るアイテムのレシピと素材が必要。一定数アイテムを手に入れると自動的にレシピが解放される場合がある

22.名無しの旅人

>21.ここでする質問じゃないだろ

まあ、今の職業が表示されるだけなんだけどな。サービス開始したばかりだしみんな大体職業に就くより基礎レベル上げしている段階だし

@@@

掲示板の流れをぶった切って悪いが、ここでひとつ解説しよう。

「ぶふぉ」はレベル制のVRMMORPGだ。レベルは2種類存在し、キャラクターごとのキャラクターレベル（基礎レベル）と、職業ごとのジョブレベル（職業レベル）が存在する。基礎レベルが高いほど基本のステータスが向上し、職業レベルが高いほど、ステータスに補正が入る仕組みなのがこのゲームである。

ちなみに、初期職業の旅人はいくら職業レベルが上がろうとも補正は入らず、特殊なスキルを覚えるわけでもないのだが、一定まで基礎レベルが上がりやすいという特徴がある。

なおこのゲームにはいくつかの種族があり、種族ごとの能力補正もあるのだがそれは別の機会にしよう。

23.名無しの旅人
でも実際、高レアスポーンでのスタートって利点あるの？

24.名無しの剣士
レアリティの高いアイテムや、経験値が多く手に入る敵が出てきたりだな
ただデメリットで人里離れた場所になるから友達と遊ぶ人にはお勧めできない
ファストトラベルするには教会を訪れる必要があるから
そのファストトラベルも一度訪れたり、クエストでNPC[※9]にテレポートで連れて行ってもらったりしないといけない

25.名無しの旅人
課金アイテムでのテレポートは？

26.名無しの剣士
アレはどこでも使えるけど、結局教会を登録していないとダメだから
通常のファストトラベルは教会から教会。テレポートだとダンジョン奥地からでも教会に戻ってこられるってだけ。それでも便利だけど

27.名無しの魔法使い
基本無料ゲームなんてそんなものですし

28.名無しの旅人
便利にゲームしたかったら課金してね！

29.お先真っ暗
まあ、炭鉱スタートには関係ないんですけどね。ひたすら壁伝いに進んで

【※9】NPC。ノンプレイヤーキャラクター。実際に人が動かしているわけではなく、AIで動いているキャラクター

掘って進んで掘って進んでの繰り返し。メニュー画面閉じるとマジで見えなくなる

30.名無しの旅人

やっぱ作り直したほうがいいんじゃないだろうか

31.お先真っ暗

だからそれは負けた気がするからと、ゴメン戦闘に入った

32.名無しの旅人

炭鉱にモンスター……いや、ゲームだから出るんだろうけど、どんな感じだろう。俺は村スタート。最初の敵は兎だった

33.名無しの魔法使い

私は町。そういえば村や町だと名前がついているのね。最初の敵はスライム

34.名無しの剣士

私はゴブリンで、はじまりの街だった。というか王都の一部

35.名無しの旅人

王都とかあたりじゃん。いいなー

36.名無しの剣士

いや、物価が高いせいでアイテムは手に入らないから基本ゾンビアタック[※10]だぞ。剣士にしたのもそうしないと周りの敵が強くて戦えないからだし救いは装備の性能が良いこと。ひたすらクエストを回していかないと所持

【※10】ゾンビアタック。突撃、死ぬ、復活、突撃、死ぬという感じでクリアするまで繰り返す戦法

金がすぐに尽きるが

37.名無しの旅人

あ、やっぱ一長一短なんですね

38.お先真っ暗

戦闘終了。なんか岩っぽいモンスターだった

39.名無しの魔法使い

そりゃ炭鉱なんだし、出てくるのはそういうのでしょ
名前とドロップ[※11]は？

40.お先真っ暗

いや、硬いからダメージ全然通らない上に暗いから攻撃が当てづらくて、
体当たりで即死余裕だった

41.名無しの旅人

即死かよwww

42.名無しの旅人

はじまりのエリアで即死ってあるの？

43.名無しの剣士

私もゴブリンは最初即死だった。人里離れて、そのうえ最初の敵が即死級
の攻撃ってことはリターンがあるのだろうが……
ちなみに種族は？

【※11】ドロップ。モンスターを倒したとき、アイテムなどを落とすこと

44.お先真っ暗
ヴァンパイア

45.名無しの剣士
それ、素早さは高いけど防御にマイナス補正じゃないか

46.名無しの旅人
やっぱ作り直すべきなんじゃ……

47.お先真っ暗
いや、だとしても他のエリアで即死はしないと思う
ということはレアなアイテムがあったりするはず。よし、基本戦闘は避けて武器を手に入れるまで突き進む。もしくは死に戻り上等で進めてやる。どうせ拾った石ぐらいしかアイテム持ってないし、防具も初期装備だし武器はさっき作った石斧だけだ。失うものはほとんどない
さあ、ゾンビアタックだ

48.名無しの旅人
なんで掲示板に相談してたんだコイツ……アグレッシブすぎるだろ

49.名無しの旅人
周りに人がいないから寂しかったんじゃない？

50.名無しの旅人
わかる……ただいま孤島スタート。幸い一人じゃないけど、最初オンラインじゃないゲームで進めるのコレって思った時はどうしようかと思った

51.名無しの旅人
他に炭鉱引き当てた人がいればなぁ

52.名無しの旅人
引き当ててもキャラ作り直しでう

53.お先真っ暗
なんとか岩を倒す……ばくだん岩って表示されて、倒した後自爆に巻き込まれて無事死亡

54.名無しの旅人
RPGなのに何回人生終了してんだよ

55.お先真っ暗
まだ３回目だ！

56.名無しの旅人
初回戦闘と自爆に巻き込まれ……あと１回なんだよ

57.お先真っ暗
……普通に、見つかって背後からやられた

58.名無しの剣士
短い距離しか進んでいないんじゃないか？

@@@

「というか、これ炭鉱を自分で掘り進めるのが正解なんじゃないだろうな？」

ただしすさまじく時間がかかりそうだが。

一応石斧でも掘り進められるのだが、効率が非常に悪い。掘るためのアイテムが別にあるのだろうし、結局は炭坑内を進んでいくしかない。

極力敵に見つからずに、足音を消してスニーク[※12]するのだ。

「……あれ？」

【※12】スニーク。気配を消すこと

59.お先真っ暗

敵に見つからないように息をひそめて進んでいく……これは本当にRPGなのか？

60.名無しの旅人

ま、まあそういうRPGもあるし

61.名無しの旅人

やっていることはステルスアクションだね

62.お先真っ暗

MMORPGをやりに来たはずなんだけどなぁ

@@@

「はじまりの」と付く地名ごとにレアリティがあるのは先ほど話した通り。レアリティの表記こそないが、内部で確かにレアリティ分けされているらしい。

ちなみに、後々プレイヤー側で行われたアンケート集計で分かることだが、僕が引き当てた「はじまりの炭鉱」は最上級レアリティと言えるほど、引き当てた人がいない場所だったことが判明する。

メリットは、とあるエンドコンテンツアイテム[※13]を最速入手可能なことに加えて、鉱石系素材や宝石系素材などでとてもいいものが手に入ること。とある上位職業に就きやすかったり、まあいろいろある。

問題なのは、それらすべてがある程度ゲームを進めないと意味がないってことだ。

つまり現状においてはデメリットばかりが存在するクソゲー状態ってわけだ。敵は強いし装備はないし、職業も初期状態だから自分はクソ雑魚。おまけに耐久力の低い種族にしちゃったから一撃で……いや、自爆に巻き込まれる時点で種族関係ないか。

なお、ここで種族について解説しよう。

全部で7種類ある。

《ヒューマン》バランス型

《ドワーフ》物理型

【※13】エンドコンテンツアイテム。このアイテムはゲームの終わりまで強化段階が増え続ける

《エルフ》魔法型
《オーガ》筋力特化型
《フェアリー》魔法特化型
《ケットシー》筋力・スピード型
《ヴァンパイア》魔法・スピード型

と、簡単に説明するとこんな感じ。特化型はもう一方の――例えば、オーガなら魔法の――攻撃ステータスにマイナス補正がかかり、スピード型は俊敏な代わりに防御面にマイナス補正がかかる。

ドワーフとエルフはプラスもそこまで大きくないが、マイナスはない。ヒューマン？　全部がすこーしプラス補正かかっている。まあ、一番使いやすいんだろうけどね。

ちなみに僕はヴァンパイア。正直ドワーフで遊んでいればよかったなぁと思っているが、アレ確か背が低くなるんだよな。

まあ、過ぎたことは仕方がない。現在僕はひたすら隠れながら探索しているところだ。といってもぼくだん岩だけじゃなくて、小さいゴーレムやコウモリの類も出てきてひたすらゾンビアタックを強いられている。数えていないけど相当な回数死んだはずだ。たぶん、全プレイヤーのトップの死亡数じゃないだろうか。誇れることじゃないけど。ちなみにこのゲームにデスペナルティ[※14]は存在する。死亡時に経験値の1割が減り、所持金に加え、装備品以外のアイテムがランダムで消えることがあるのだが……まあ、僕には関係ない。金はないしアイテムも拾った石と骨だ

【※14】デスペナルティ。キャラクターが死んだら、経験値が減ったりいろいろある

けだし。経験値？　あるわけねぇじゃん。

もう何時間も経ったことだし、そろそろログアウトしないとなぁと思っている。

だが、ここで何の成果もないまま終わるのは嫌だ。

365.お先真っ暗
というわけで、本日最後にダッシュで駆け抜けて突破を試みようと思う。

366.名無しの旅人
何が「というわけ」なのかわからないが、あまり無茶すんなよ

367.お先真っ暗
これ以上死ぬのは嫌なんだァアアアアア!?　はい、見慣れた天井です

368.名無しの旅人
フラグ回収早すぎんだろw

369.名無しの旅人
ほら、悪いことは言わないからキャラ作り直そ？

370.名無しの魔法使い
惜しい人を亡くした。このまま生き続ければ名物プレイヤーになれただろうに

371.名無しの旅人
苦行を勧めるなよw

372.お先真っ暗
勝手に終わらすなし……なんか、称号取得したんだけど

373.名無しの旅人
……え

374.名無しの旅人

はやくね？　っていうかどうやって？

375.名無しの旅人

称号なんてこのゲームにあるの？

376.名無しの剣士

>375　あるぞ。条件満たしたら自動で手に入って、装備することで効果を発揮する。まだサービス開始して間もないから持っている人はほとんどいないが

377.名無しの旅人

それこそ廃人プレイしている連中しか持っていないようなものだけど、何が手に入ったんだ>372

378.お先真っ暗

うーん……【か弱い生き物】
取得条件は一定時間内に一定回数死ぬこと。効果は俊敏値の増加
ゲームシステムに最弱と認められたのか(´・ω・`)

379.名無しの旅人

かw弱wいw生wきw物w

380.名無しの旅人

うわぁ……(´・ω・`)

381.名無しの旅人

称号からの逆転劇を期待していました。そんなことなさそうです

382.名無しの旅人

そんなゲームバランス崩壊待ったなしな代物はないよ
称号だって装備できるの一つだけだし

383.名無しの剣士

称号をすでに持っている人たちもぶっ壊れ性能なものはないのでFA[※15]っぽいし
あったとしても取得条件どんだけ厳しんだよってものだろうな

384.名無しの旅人

まあまて、増加がどのくらいあるかで評価は変わる

385.名無しの旅人

そうか、増加値が多いなら！

386.お先真っ暗

いや、俊敏ステータスの1.05倍っぽい。レベルが上がれば使えそうだけど、現状は誤差です
もう疲れたから今日は寝る。明日またゾンビアタックするんでよろしく

387.名無しの旅人

まだ続けるのかよw

388.名無しの旅人

面白いからこのスレ[※16]は消えないように巡回するわ

【※15】FA。ファイナルアンサー。結論、決定などの意で使われる
【※16】スレ。スレッドの略。掲示板の見出しのような意味合い

@@@

そもそもこの「ぶふぉ」においては目的という目的はないのだ。一応エンドコンテンツに値するものはいくつかあるものの、基本的に自由にプレイするのがコンセプトである。

たくさんのクエスト、冒険以外のコンテンツ、今後開催予定のイベントなどいろいろと取り揃えてはいるものの、まだまだ発展途上の作品なのだ。

ＶＲＭＭＯと聞いて、人と見分けがつかないＮＰＣを想像する人もいるんだろう。もっとも、このゲームにはそんなものはないが。そもそもトゥーンレンダリング[※17]で描かれているゲームだ。現実との差異を感じるようにできている。

まだまだバグは多いし、プレイヤーがあまりにも想定外の行動をとるとＮＰＣがおかしな挙動をすることもある。

ちなみに、ゲーム外の掲示板を見てみると、こんなバグがありましたなんて話も見る。

ちなみに、ゲーム内から外部のネットへつなぐことはできない。そのため、ゲーム内でＢＢＳなんて機能があるのだが。全体チャット代わりになっている側面がある。

ではここでゲーム内の僕の話に戻そう。

まず、どこを目指せばいいのかわからないのが問題なのだ。

道なりに行こうとしても敵にやられる。掘り進めるにしても道具がない。あれ？　詰んでね？

【※17】トゥーンレンダリング。手書きアニメーション風の３Ｄ画像のこと

532.お先真っ暗

というわけで、まずは有用なアイテムがないか探そうと思う。敵に見つかりづらくするために匍匐前進で
そしてレスが多い。何人見てんだよw

533.名無しの旅人

おかえりー。いや、人数自体はそこまで増えてないけど、消えないように宣伝してたらいつの間にか

534.名無しの魔法使い

おかえりー。殺伐とした「ぶふぉ」最前線の癒しになっているんだから文句言わないでよね

535.名無しの錬金術師

おかえりー。前線だとギスギスオンラインだからここのほのぼのした空気が清涼剤なんだ

536.名無しの盗賊

おかえりー。一晩で就職した連中の多いこと多いこと

537.お先真っ暗

えええ……(´・ω・`)
文句ぐらい言わせてほしい。あと、お前も就職してんじゃん

538.名無しの盗賊

(・ω<)

539.お先真っ暗

とにかく実況を続ける

ゆっくりと進むことで上のコウモリどもから逃れる。問題はばくだん岩と、ネズミっぽいの。あと、モグラ。

540.名無しの剣士

初期エリアにしてはバラエティ豊かだよなぁ……

541.お先真っ暗

あまりにも死にゲー過ぎて気が狂いそうになったが、そこはさすがの僕だ。生半可な気持ちでプレイしていない

542.名無しの旅人

急にどうしたw

543.名無しの魔法使い

本当に寝たのか不安になる

544.お先真っ暗

とにかくアイテムだ。何かアイテムを……なんかちょっと光っている物を発見。匍匐前進で取りに向かっているけど、時間かかりそう。取れたら報告する。

545.名無しの錬金術師

お、進展か

546.名無しの旅人

ようやくかー

547.名無しの魔法使い

5分くらい経ったけど、どう？

548.お先真っ暗

よし、取得。そして装備。さびたスコップが手に入った
というか武器扱いなんだけどこれ
採掘とかもできるみたいだけど、普通に攻撃力とか表示ある

549.名無しの旅人

www　スコップってw

550.名無しの旅人

スコップは武器。古事記にも書いてある

551.お先真っ暗

古事記なら仕方がない
あと、攻撃力は低いけど発動可能スキルが多い。剣、槍、盾、斧、採掘のスキルが発揮できるって書いてある。カテゴリはスコップ

552.名無しの魔法使い

なん、だと

553.名無しの旅人

なん……だと

554.名無しの錬金術師

別のカテゴリのスキルを使える武器カテゴリって他にあったっけ？

555.名無しの剣士

わかりやすいのだとハルバート[※18]とか。あと、普通の斧でも剣スキルは使える。一応逆も
ただ戦闘スキル以外も発動可能な武器は初めて見た……いや、武器スキルも使えるっていうほうが正しいんだろうけど

【※18】ハルバート。槍と斧が一体化したような武器

＠＠＠

「ぶふぉ」には職業で装備品に制限があるわけではない。装備品ごとの要求ステータス[※19]さえ満たしていればどんな装備品も装備可能である。

極端な話、剣士が魔法使いの装備を身に着けることは可能だし、使用もできる。ただし、職業ごとにスキルが異なるので、剣士で魔法を使うには店売りのスキルを買って覚えるなど、別でスキルを覚える必要があるのだが……まあ、本職には劣る。

ちなみに旅人はほぼすべてのカテゴリのスキルを覚える……が、一番弱いスキル群のみである。大雑把に言うと、剣スキルなら一番下級の『スラッシュ』とか、魔法なら属性ごとに一番下のものだけとか、そんな感じ。

【※19】要求ステータス。装備するのにステータスの数値が一定以上必要なアイテムがある

556.お先真っ暗
ひとまず収穫はあったので周りを警戒しながら進む

557.名無しの旅人
あまり無茶はしてほしくないけど、停滞モード来た感じ？

558.お先真っ暗
見くびらないでほしい
これまでの死に戻りで、掘りやすそうなポイントは見つけておいた。そこへ向かっている

559.名無しの錬金術師
そういえば、昨日そこ掘ろうとしてブッ飛ばされていたな。大丈夫？

560.お先真っ暗
大丈夫。大量の石と、スタートダッシュログインボーナスで貰ったこのポーションがあればね

561.名無しの盗賊
そういえばあったなログボ[※20]……過信しないほうがいいと思うけど

562.名無しの剣士
ひとまず楽しみにしておこう

【※20】ログボ。ログインボーナスのこと。毎日ログインしよう

@@@

そうして私は、自分のクエストに集中することにした。

私の名前は「銀ギー」、掲示板の「彼」とは別人である。

BFO……「ぶふぉ」での最前線プレイヤーだ。といっても、ログインしっぱなしというわけでもないが。魔法剣士に憧れがあり、その方面でキャラを育ててみたらたまたま最前線まで突っ走れたラッキーガールでしかない。

「ぶふぉ」には現在大陸が一つのみ。周囲には島があるものの、基本的に大陸を舞台に冒険することになるだろう。大陸の形は左右反転した北海道といった感じだろうか。細部は違うが、大体そんな感じだ。

私がいるのは、大陸の東側にある王国だ。さらに東側は海で、西側には山脈が存在しており、大陸の西側とは分断されている。

掲示板や攻略サイトによると更に西には帝国と呼ばれる国があるらしい。

「銀ギー、ご執心の変わったプレイヤーはどうなったの？」

「スコップを見つけて洞窟内を掘り進めるみたいだな」

「へぇー。まあ、アタシらはさっさと素材集めにいこうよ。早くしないといい狩場は軒並み持っていかれちゃうから」

「そうだな、行こうか」

パーティーメンバーの呼びかけに答え、狩場へと向かう。

MMO[※21]における最前線とはすなわちリソース[※22]の奪い合いだ。まあ、フィールドがとにかく広大なこのゲームではそこまでひどいことにはなっていないのだが、それでもトッププレイヤーという言葉に憧れるのか、我先にとお互いが譲らないためギスギスした空気がプレイヤー間に漂っている。

他のエリアスタートのプレイヤーたちも利便からか王都に集結して人口密度が増加してしまい、あっという間に派閥のようなものができつつある。

「なにか驚くようなニュースや、プレイヤーの興味を引く話題が出ればそちらに意識がいくのだろうが」

「無理じゃないかなぁ。しばらくはスタートダッシュを決めたいプレイヤーであふれるよ」

「……ハァ。ままならない」

案外、掲示板の彼は幸せ者かもしれないな。

煩わしい人間関係がないというのは実に羨ましいものだ……パーティーを組んだ今、義理立てもあるしソロに戻るのは難しい。それにレベル上げという観点でみるとソロよりも効率が良い。その証拠に掲示板の彼はいまだにレベル1……と、そこで彼が書いた情報に目が奪われた。

「ど、どうしたの銀ギー!?　変な顔して!?　まるで鳩が豆鉄砲喰らったみたいな！」

「……なんか、掲示板の彼が古代兵器見つけたって」

【※21】MMO。大規模型多人数オンラインゲームの略称としても使われる

【※22】リソース。資源。自分以外にも多くの人が同時に遊んでいるのがオンラインゲーム。狩場も人が集まれば奪い合い

「――――え？」

最初から実装されているエンドコンテンツ、古代兵器。

公式サイトにも詳しい説明は載っていないので、本当は未実装なのでは？　と思われていた武器だ。

「こ、古代兵器が見つかったぁあああ!?」

パーティーメンバーの叫びがプレイヤーたちにも伝わり、リソースの奪い合いが一転、混沌とした様相に変化した。

訂正しよう、こんなに注目を集めた「彼」はこのゲーム内で一番不幸なのかもしれない。

@@@

古代兵器。

このゲームのバックストーリー[※23]では、過去に大きな戦いがあり一度文明が滅んでそこに新しく人々が文明を築いたことになっているんだそうだ。

で、その大きな戦いで使われた兵器の総称が古代兵器ということになっている。公式サイトに少しだけ載っている情報では、どうやらエンドコンテンツの一つとして用意されているらしいのだが……

「え……掘れちゃったよ、オイ」

【※23】バックストーリー。ゲーム内のキャラクターたちのお話のこと。過去にこういう出来事がありました、という設定

もしかして最初からこんなムリゲー仕様のゾンビアタックを強いられる理由は、これが早々に手に入るチャンスがあるからなのだろうか……いや、それ以外に考えられないだろう。

アイテムのレアリティとしては最大の星5表記、間違ってもゲーム開始したばかりで手に入るような代物じゃない。

要求ステータスがなく、レベル関係なく装備できるうえに耐久値[※24]もない。譲渡不可という表記もある（さらにデスペナルティでもなくならないことが後に判明する）。

こんな破格の代物が手に入っていいのだろうか――と思ったのだが……とにかくスクショ[※25]を撮っておこう。両手の人差し指と親指で長方形を作ると魔法陣が長方形の中に出現するので、数秒待つとスクショが撮れた。

【※24】耐久値。装備品の使用限界数値。0になると壊れるので、早めに回復しよう
【※25】スクショ。スクリーンショットの略

670.お先真っ暗

古代兵器出土でレスが加速しているところ、少し待っておくれ

今、スクショ撮っておいたから情報と一緒にまとめて載せる

671.名無しの剣士

わかった。しかし、阿鼻叫喚だったな

672.名無しの錬金術師

そりゃいきなりエンドコンテンツ武器が見つかったら驚くよな。まだボス倒した報告もないのに

っていうか、運営バランス崩壊してますよ

673.名無しの盗賊

これは炭鉱夫さんを血眼になって探しますね

674.名無しの旅人

炭鉱夫さんってw　呼び名が真っ暗さんもなんだかなぁと思うけど

675.名無しの狩人

炭鉱夫さんマダー？

676.お先真っ暗

炭鉱夫って……別になんでもいいけど、とりあえずまとめ

高枝チェーンソーっぽい見た目

レア度は最大の星5。要求ステータス無し

譲渡は不可だから人には渡せないし、ヘルプとかいろいろ見た感じデスペナでもなくならないかも

さらに耐久値も書いてないあたり、壊れない仕様みたい

ただし、元々壊れている状態なうえに内部エネルギー[※26]がないから今はただの長い棒
パーツを揃えて修理してエネルギーを補給しないとさびたスコップ以下の性能

677.名無しの旅人
はい解散

678.名無しの剣士
あー……エンドコンテンツって、つまりパーツを集めれば強い武器になりますよっていうアレか。アップデートで強化上限増え続けますよ、的な

679.名無しの盗賊
よくあるよくある

680.名無しの狩人
そんなうまい話はなかったかぁ……
で、パーツは近くにありそうなのか？

681.お先真っ暗
ない。っていうか古代兵器を掘り起こした周辺の土が硬すぎて掘れない
モンスターをよけながら掘れるところを探したけど、それもなさそうだし、本当にこの古代兵器が埋まっているだけだった
こうなるとあとはモンスターのいる道をどうにかして通るしかない

【※26】内部エネルギー。古代兵器は専用の燃料で動いている

どうしよう(´・ω・`)

682.名無しの魔法使い

リーチがあるならつつけはいいんじゃないですか？
一応、槍みたいに使えるのでは

683.お先真っ暗

どうも古代兵器は武器カテゴリ自体が特殊らしくてスキルが一切使えない。
というか、修理しないとダメなんだろうね
いまはスキルが使えなくて攻撃力低くて、リーチが長いだけのインベントリの圧迫案件
スコップで進んだほうが早い

684.名無しの錬金術師

結局序盤に手に入れても使い道はないと
そういえばスコップで盾スキル使えるんだったらノックバック[※27]でばくだん岩ブッ飛ばして他のモンスターを巻き込めば？

685.名無しの旅人

エグイ作戦を……
ちなみに、炭鉱夫さんは周りがどうなっているか情報入ってきていないだろうからここに書くけど、古代兵器捜索しだした連中がわらわらと現れだしたぞ

686.名無しの狩人

そりゃ、使えなくても欲しい人は欲しいだろうし

【※27】ノックバック。キャラクターが攻撃を受けたときなどに後ろに下がること

687.名無しの剣士
おかげで狩場の混雑具合が緩和された
ギスギスオンラインからほのぼのオンラインになってくれたよ

688.名無しの魔法使い
古代兵器探索チームは相変わらずギスギスでしょうけどね

689.お先真っ暗
早く外に出たいでおじゃる……
なので、ばくだん岩採用

670.名無しの狩人
オイオイ密室でそんなことしたら自分も吹っ飛ぶんじゃ……

671.名無しの魔法使い
大丈夫、彼ならきっと切り抜けるわ

672.名無しの錬金術師
切り抜けられないからゾンビアタックだったんだけどなぁ……

@@@

爆風が身を焦がす。シールドバッシュ[※28]スキルでばくだん岩を吹き飛ばし、襲いかかるコウモリやネズミは剣や槍のスキルで蹴散らす。

倒しきれなくとも、次に襲いかかるばくだん岩を弾いて爆破する。

自分にもダメージはでかいが、なんだかんだで残っていたポーション[※29]を使い続ける。

「回復が追いつかないッ――こうなったら、ポーション同時飲みだ！」

チュートリアル報酬のポーションと、ログボのポーションを同時に飲んで一気に体力を回復させる。レベルアップ音も聞こえたし、これならギリギリ耐えられそうだ。

さあ、ここからが本番ッ……？

唐突に目の前が暗転した。体が動かなくなり、声を出すこともできずに――僕はその生涯を終えた。

そして、気が付いたら再び見知った天井があった。具体的には、初期位置の天井。

「…………即死バグ[※30]とかやめてくれよ！」

なんか疲れたので、運営にメールを送って一度ログアウトしてふて寝することにした。たぶん原因はポーション同時飲みだよなぁ……タイミング的に考えると。

【※28】シールドバッシュ。盾で殴る攻撃
【※29】ポーション。回復アイテム。ゲームによってはいろいろな種類がある
【※30】即死バグ。許すまじ。これに遭遇すると死ぬ

あ、一応掲示板に書いておこう。他にも同じ目に遭う人が出るかもしれないし。

@@@

「運営からお詫びのメールが来てる」
ログ[※31]から今回の死亡時に使用したポーションと装備耐久値、経験値の補填が入ったメールが届いていた。なかなか素早い対応である。
ただ、まだバグは修正していないからポーションの同時飲みはしないでくださいとのことだが。
そりゃすぐに修正できないか。他にもバグはあるんだろうし、定期メンテナンスか何かを行う時に修正するのが普通か。
「でも、そうなると抜けられるの？　洞窟内の敵どうやって倒そう……って、あからさまにモンスター少なくなってないか？」
なるほど、ここも緩和したと……いや、まだ再出現していないだけかもしれないな。人が少ないとその分敵の出現率も落ちるだろうし。
とりあえず今のうちに先へ進もう。
掲示板にログイン報告をし、道なりに進んでいく。途中鉱石を集められる箇所もあったので、いろいろと集めるが古代兵器のパーツはやはり見つからない。
ってていうか集めたところで修理はどうすればいいのかわかんないんですけどね。

【※31】ログ。オンラインゲームではキャラクターの行動履歴などの意味がある

「――――と、雰囲気が変わった？」

道が舗装されている。人の住んでいる気配がありそうな様子に変わってきたのだ。土の質もなんだか人の手が入っていたような感じになっている。それに、少し明るいようだ。メニュー画面を閉じても十分に見えるレベルだ。

NPCでいいから誰かいないのかと先へ進むと……そこに広がったのは一見廃墟の中と思えるような光景だった。

酒場だったのか、机やカウンターが見えるがどれも壊れている。壁にはコルクボードのようなものが貼ってあり、道具入れのような箱もいくつか見える。

壁にはさびたピッケルやスコップなど、いろいろとかかっていた。

「そうだ、マップを見れば名前がわかるんじゃ……」

再びメニュー画面を開いてマップを見てみると、案の定【はじまりの炭鉱】とは別の表示が出ていた。

【炭鉱ギルド】

そこにはそう書かれていた。

ギルドと聞くと、RPGではクエストを受けたりする場所というイメージがあるだろう。このゲームでもそのあたりは同じだが、職業ごとにギルドが存在しているのがこのゲームだ。

できることはギルドごとでいろいろと変わるが……基本的なことは同じ、クエストの受注、職業の変更、倉庫の利用だ。そこに加えて、ギルドごとにできることが変わる。
　魔法使いのギルドなら、魔法を覚えるための施設があるし、剣士ギルドなら訓練場がある。他にもいろいろと。炭鉱ギルドには……どうやら簡単な鍛冶施設が存在しているらしい。装備品のメンテナンスが可能みたいだ。
「……なるほど、ここを拠点にして先へ進めってことか」
　壁のピッケルも持って行っていいみたいだし、もしも壊れたらここのを再び持って行くのも良いだろう。元々さびたピッケルもスコップも取引不可だから無限に出現するようで、ピッケルをインベントリに入れると壁に新しいさびたピッケルが出現した（さびているのに新しいとはおかしな話であるが）。
　と、その前にジョブチェンジしておこう。無人のギルドではあるが、最低限の機能は使えるらしい。ボロボロのカウンターに近づくとメニュー画面が表示されて、すぐに転職可能だった――
しかし、この職業は……。

783.名無しの炭鉱夫
無人のギルドを発見。最低限の機能は使えるからジョブチェンジしたぞ

784.名無しの旅人
本当に炭鉱夫になってるw

785.名無しの錬金術師
なんで本当になってんだよw

786.名無しの魔法使い
炭鉱夫なんて職業あったのね……

787.名無しの農家
実は生産職っぽいのいろいろあるんですよこのゲーム

788.名無しの踊り子
イロモノもいっぱいあるみたいですねー

789.名無しの盗賊
炭鉱夫がかすむぞオイ

790.黒い炭鉱夫
ヴァンパイアで肌も浅黒い（正確には青だけど）から以後これで行く
とりあえず、これでインベントリにあった鉄鉱石が利用できるようになった
炭鉱夫、ステータスのほうは筋力にプラス補正が入って鉱物系の敵にダメージボーナスが入る。さらに、採掘スキルがいろいろ使えるみたいだ

791.名無しの怪盗

そりゃ炭鉱夫なんだし

792.名無しの盗賊

まあ炭鉱夫っぽいよなぁ

793.名無しの魔法使い

まってw　怪盗ってなによw

794.黒い炭鉱夫

怪盗は僕も気になるよ何だその職業w

795.名無しの怪盗

なんか、クエスト進めてたらあれよあれよという間に
しかも怪盗のせいかギルド利用できないから職業変えられないんだけど
町にも入れないし、怪訝(けげん)な目で見られるし

796.名無しの盗賊

あー、一部のジョブは変更するのが大変なんだよね。といっても初回だけ
俺も盗賊になった直後はジョブチェンジできなくなった。盗賊ギルドはすぐに見つかったから、そこで解除すれば他のジョブになれるし、一度解除すれば別のギルドでも盗賊になれるし、戻せる
町も入る方法はあるから探せばすぐ見つかるぞ

797.名無しの怪盗

怪盗ギルドってどこだよ!?

798.名無しの剣士
ま、まあがんばってください……

799.黒い炭鉱夫
世の中にはいろんな職業の人がいるんだなぁ

800.名無しの魔法使い
それで流していい問題じゃないと思う

【楽しい楽しい】掲示板の皆さま助けてください2【炭鉱夫生活】

1.黒い炭鉱夫
心機一転新スレでもがんばるぞい

2.名無しの怪盗
がんばえー

3.名無しの魔法使い
進展は？
言うほど時間経っていないけど。

4.名無しの剣士
前回は確か、鉄鉱石が出てくるポイントを見つけたところだったか？

5.黒い炭鉱夫
うん。それでさびた道具を整備できるようになったし、大量の鉄鉱石が手に入ったんだけど……現状、溜まり続ける一方で倉庫の肥やしになっていく
武器と防具が欲しいのに、全然手に入らない

6.名無しの盗賊
そもそもすべてのモンスターが装備品をドロップするわけじゃないからなぁ

7.名無しの怪盗
それでもアクセサリーは手に入ったんだろ？

8.黒い炭鉱夫

うん。防御力をわずかに上げる指輪で【守護の指輪】
正直なところ焼け石に水だけどね

9.名無しの木こり

結局は現状維持かぁ……

10.名無しの狩人

しかし、炭鉱夫が見つかってからいわゆる生産系の職業が増えたよな

11.名無しの剣士

気軽に戻せるからデメリットもあまりないしね。私も時々別職業で遊んでいる

12.黒い炭鉱夫

いいなぁ……こっちは炭鉱夫か旅人だけだよ。モンスターを倒すためにも炭鉱夫のままじゃないときついから現状一択だし

13.名無しの釣り人

思ったんだけど、無人でもギルドにいるならマーケット取引使えるんじゃない？

14.名無しの魔法使い

あーそれがあったわね

15.黒い炭鉱夫

マーケット？

16.名無しの錬金術師
知らないんかいw　いや、お金とアイテムのない序盤は使わない機能だけど

17.名無しの釣り人
ようはプレイヤー同士のアイテム取引。取引所とか他のMMOでもいろいろと呼び名はあるだろうけど、ゲーム内通貨で他人の出品したアイテムを買う機能
ギルドからアイテムの取引ができる。それ専用の掲示板がどこかにあるはず

18.黒い炭鉱夫
探してみる
あった

19.名無しの旅人
はやいw　っていうかギルド内にいたのか

20.黒い炭鉱夫
ちょうどアイテム整理とかいろいろやっていたところだった
……ただマーケットは現状使えない

21.名無しの錬金術師
やっぱり人のいないギルドだとダメなのか？

22.名無しの盗賊
いや、無人ギルドでも最低限の機能は問題なく使えるから大丈夫のはず

使えないのはNPCとの売買を行うショップ機能や、バフ効果[※32]のある料理を食べられるレストラン機能とかだけど

23.名無しの鍛冶師

鉄鉱石大量に卸してくれれば買うんだけど、どうしても無理そうか？

売っている奴もいるが、数が少なくてな

24.黒い炭鉱夫

いやマーケット自体はあるんだよ……

ただ、金がないから手数料が払えない

25.名無しの魔法使い

あー……このゲーム、クエスト報酬やアイテムを売ってお金を稼ぐタイプだったわね

しかもアイテム登録料で少しだけゴールド取られるんだっけ

26.名無しの剣士

モンスタードロップでお金が出てこないんだったな

まあ一部例外はあるみたいだが

27.名無しの盗賊

でもログボでもらってなかった？

28.黒い炭鉱夫

そんなもんとっくにデスペナですっからかんよ

なけなしのは倉庫の開設費用で消えたし

っていうか無人なのに誰がゴールド持って行ってるんだ

【※32】バフ効果。一定時間ステータスを上昇させる効果のこと

29.名無しの旅人

www

30.名無しの狩人

草だけ生やすなよ

31.名無しの剣士

ま、まあサービス開始から遊んでいるなら、2日後にまたログボでお金貰えるし

32.名無しの魔法使い

2日後のログボまで待つしかないわね
それか、頑張って炭鉱を脱出するか

33.黒い炭鉱夫

現状、強行突破しても厳しいからひたすら鉄鉱石集めるわ
あと宝石系もわずかだけど手に入ったからそれもマーケットに出品する
価格はマーケット見て決めるけど、そもそもマーケットにないアイテムはこっちで適当に決める

34.名無しの錬金術師

待ってくれ、宝石系はまだ手に入れた人はいない
というか錬金術師のスキルに必要だからこっちで価格を考えさせてほしい
高値で買うから

35.名無しの魔法使い

宝石系は魔法使い職の装備にいろいろと使えるの

安いと市場が混乱するし、高すぎると手が出ないから値段待ってプリーズ！

36.名無しの旅人
必死過ぎw

37.名無しの剣士
すぐにその分量の返しができるとは……数秒の出来事だったぞ

38.名無しの鍛冶師
ひとまずはアイテム集めに戻っておきな
こっちでも適正だろう価格を考えておくから
あと、鉄鉱石は少し高めにしておいたほうがいいぞ。あんまり安値にすると転売ヤーが現れると思う

39.黒い炭鉱夫
わかった。とりあえず1個あたりを他の人の1.5倍くらいの値段で売る

@@@

というわけで、次のログボまでひたすらアイテム集めと経験値稼ぎに費やすことになったわけである。

あと古代兵器がないか探し回っているのだが、そもそも炭鉱自体が広いのだ。ちょっと移動するとマップ名が変わり、【暗闇の坑道】とかになっている。あと、ギルドにあったベッドがリスポーン[※33]地点に設定できたため、いざとなったら拠点へ死に戻れるが……それでも先へ進んでいるのかわからない現状は辛いものがある。

一応レベルの高い敵がいるほうへと進んでいるが、やはり装備が足りない現状が足かせになっている。運営、これはバランスおかしいんじゃないだろうか？　いや、1回だけとはいえキャラの作り直しが無料ということは、気に入らないスタート地点だったら作り直せってことだろうし、結局自分が奇特なプレイヤーってだけか。

「でもその苦労もようやく終わる」

さあ、今日のログボでようやくマーケットが使える。

あの後掲示板のみんなが草生やしまくっていやがったのにはちょっとイラッとしたが、ちゃんと価格についてとかいろいろアドバイスはくれたし、なんだかんだ僕は恵まれている。

2日間で鉄鉱石や宝石類もいろいろと溜まったし、他の鉱石なんかも手に入った。まあ、銅鉱石とか石炭とかランクは低いものばかりだったけどね。レア度の高いものも出るけど、やはり基

【※33】リスポーン。リ・スポーン。死んだキャラクターが再び出現すること

本的にはレア度が低いもの中心だな。

425.黒い炭鉱夫

ログインしたぞー。準備でき次第マーケットにアイテム出すんでよろしくー

426.名無しの魔法使い

待ちわびたわ！

427.名無しの錬金術師

待ってました！

428.名無しの鍛冶師

ようやく鉄鉱石も市場に出回ってくれるか

429.名無しの剣士

というか、未だに出回ってなかったのか？
私としてはこの数日間で安定供給できるぐらいには手に入るものだと思っていたが

430.名無しの鍛冶師

それがよぉ、これがなかなか手に入らないんだよ
採掘スキルも炭鉱夫以外だとあまり使い勝手が良くないっぽいからな
そもそも採掘ポイントが少ない

431.名無しの錬金術師

一番到達しやすそうな炭鉱ですら、まだレベルが足りないんです
位置だけは分かっているけど、道中の敵がウザい

432.名無しの魔法使い

炭鉱夫にジョブチェンジできない現状、炭鉱夫さんの卸してくれるアイテムが生命線なんです

433.黒い炭鉱夫

外がそんな状況だとは……まあそのうち出回るようになるでしょう
とりあえず出品準備は整った。プレイヤー名は「ロポンギー」だからそれで検索して頂戴

434.名無しの旅人

アナグラ暮らしのロポンギーｗ

435.名無しの剣士

何を思ってその名前にしたんだ

436.名無しの盗賊

お、おう

437.黒い炭鉱夫

適当に目についた単語から考えただけだし

438.黒い炭鉱夫

もう売れたんだけど!?

439.名無しの剣士

はやっ!?

440.名無しの旅人

www

441.名無しのサムライ

びっくりでござる

442.名無しの忍者

殿、真でござるか!?

443.名無しの舞妓

おどろき

444.名無しの旅人

なんだ上の和風職業w
って舞妓ってなんだよ（真顔）

445.名無しの舞妓

クエストをこなしたらつける職業。スキル的には踊り子とあまり変わらない

446.名無しの忍者

このゲーム、名前は違っても中身が他職業と似たり寄ったりなの多いでござるからなぁ
拙者も盗賊と取得スキルは似たようなものでござる。しいて言うなら投擲（とうてき）スキルや潜伏スキルのほうに重点が置かれている感じか
あと、まだ使えないが忍術も使えるみたいでござる

447.名無しのサムライ

某も剣士系と近いでござる。しいて言うなら、防具は剣士よりも軽装に適性がある感じでござろうか

448.名無しの盗賊

ござるでかぶっているけど、それ職業がそれになったから始めたロールプレイだろ二人とも

449.名無しのサムライ

YESでござる

450.名無しの忍者

ざっつらいでござる

451.名無しの怪盗

なんで英語交じりなんだよw

452.黒い炭鉱夫

話戻していーい？

453.名無しの盗賊

すまん、話が逸れた

454.名無しの怪盗

すんません。でも、マーケットに流して売りましたで終わる話では？

455.黒い炭鉱夫

いや、本題はそこじゃない
この資金を元手に、マーケットで装備を買おうと思う

456.名無しの盗賊
そうか、装備がないから先に進めないって話だったもんな

457.名無しの剣士
ということはどういう装備を揃えればいいか聞きたいってことか？
マーケットが使えるあたり、運営も同じ想定で作った初期位置かな

458.名無しの魔法使い
狭い空間なんだし、当面は重くても防御重視でいけばいいと思うわよ

459.黒い炭鉱夫
まずは武器だ。
↓7のカテゴリで買う。予算内で決めるからカテゴリだけ言ってくれ

460.名無しの旅人
安価[※34]w　オイコラw

461.名無しの盗賊
お前本当は助けてもらう気ないだろw

462.名無しの剣士
ひたすらアイテム集めしていた2日間で心がアレしたんだろう
昨日の書き込みはすさんでいたし
安価なら両手剣

【※34】安価。掲示板では番号指定の意味。転じて、指定番号のことを実行するアンケートにも使う

463.名無しの魔法使い
ワタシならお断りのマゾプレイしているからねー
安価ならハンマー

464.名無しの錬金術師
短剣

465.名無しの怪盗
トランプ

466.名無しの忍者
ナックル

467.名無しのサムライ
ボウガン

468.名無しの旅人
ナックル[※35]でいこーぜ！

469.名無しの剣士
……大丈夫なのか、それ

470.名無しの魔法使い
ただでさえ硬い敵なのになんでナックル勧めてんのよ二人も！
あとボウガンも自前で矢を作れないのに買わせる気なの
っていうか和風コンビはボケるにしても自分の武器勧めなさいよ

【※35】ナックル。本来はメリケンサックのようなものを指すが、ここでは拳に装着する武器全般

471.名無しの忍者

ガイア[※36]がささやいたのでござる

472.名無しの旅人

心が命じたから仕方がない

473.名無しのサムライ

某のウィスパーがボウガンを勧めよと

474.黒い炭鉱夫

ガイアがささやいたのなら仕方がない
とりあえず、金に物言わせて一番いいのを買った。サービス開始したばかりだし、需要が低いからかナックルは他より安めで助かった。一番いいのと言ってもお察しの性能だが
それじゃあ防具だけど、今度は↓10
金属鎧、皮鎧、布の服とかコンセプトを書いてくれ

475.名無しの剣士

か、覚悟が決まっていやがる

476.名無しの魔法使い

なんで安価で決めようとするのか
買うんならメイド服

477.名無しの忍者

男性プレイヤーになんてものを……安価は水着

【※36】ガイア。地球。印象に残る以上の意味はない

478.名無しの旅人
ここはネタ装備でジャージ

479.名無しの怪盗
マントを勧める
っていうかジャージなんてあるのか

480.名無しの錬金術師
動きやすさと防御力のバランスがいい皮鎧でいいんじゃないのかな

481.名無しの農家
炭鉱夫といえば上半身裸のイメージなんですよ
水着でいきましょう！

482.名無しの剣士
皆ボケ始めてきたな……まあ防御力重視で鉄鎧はどうかな

483.名無しのサムライ
マフラーはどうでござろうか

484.名無しの探偵
ここは水着で
解放感が素晴らしいよ

485.名無しの釣り人
もこもこのコートなんてどうでしょうか？

486.名無しの踊り子
やっぱ水着よ水着

487.黒い炭鉱夫
なんでこんなに水着が多いんですかねぇ
しかし決まったものは仕方がない。水着買ってくる

488.名無しの剣士
一体何が君をそこまで突き動かすんだい？
というか彼は外へ出ることができるのか？

489.名無しの魔法使い
い、いつかは出られるわよきっと

490.名無しの錬金術師
このペースだといつになることやら

＠＠＠

さて、妙なテンションで掲示板を使って装備を募集――と言っていいのか微妙ですが――した結果、武器はナックル。防具は水着、海パン一丁という変態的な格好になりました。

防御力が心もとないので追加でマフラーも購入しておいた。いや、ネタ装備でしかない水着も結構性能良かったけど。ただし、上半身に装備制限がかかる仕様だったから装備できそうなのがマフラーだけだったんだが。女性なら、ワンピースの場合下半身装備に制限がかかるといった感じで装備制限が発生するものがあるみたいだ。なおワンピースならスパッツとか水着（下半身）などを装備できる。ズボンとかスカートは装備不可となる。

……ちなみにだが、水着もマフラーも俊敏値が上昇する装備だった。見た目通り防御力はお察しである。称号効果と種族補正も合わせて意図せず俊敏特化になっていた。なお、ステータスの割り振りはこのゲームにないので、装備の数値で調整するのだが、今の僕の装備はこのゲームにおける俊敏特化構成に近いものになっている。

ケットシーなら近接攻撃を活かせたのだが、僕の種族はヴァンパイア。流通している魔法スキルを覚えるためのアイテム、スクロールも一番安い物でも結構なお値段がする。

正直、再び金欠になりそうなので鉱石集めに戻らなくてはいけなくなってしまった。まあ、まだまだ売れそうだし売れるだけ売るつもりだったけど。

あと、炭鉱夫は土や岩関連の魔法をいくつかレベルアップで覚えるため職業レベルも並行して上げていく所存です。

そんなわけで、アイテム集めつつ掲示板で相談していたのですが——

730.黒い炭鉱夫
エンチャント[※37]ナックルが意外といい感じ。スピード上げて殴って殴って、スコップでノックバックで攻撃キャンセルたのしいです

731.名無しの旅人
まさかナックルと他の武器を同時装備可能とは思わなかった

732.名無しの剣士
双剣もシステム的には片手剣や短剣の同時装備だから
両手剣みたいな両手武器を除けば大概の武器は二つまで装備可能

733.名無しの魔法使い
そういえば炭鉱夫さんもスコップとピッケル同時装備していたわね。背中に背負っていたけど

734.名無しの剣士
すぐに装備を切り替えられるだけかと思っていたけど、うまくすればかなり強いよね
私は魔法発動のために背中に杖背負っているけど、直接武器として使わなかったから気づかなかった

735.名無しの怪盗
意外と知られていないテクニックなんだな、装備切り替え
俺は短剣とトランプ（手裏剣などの投擲（とうてき）亜種扱い）を同時装備しているけど、雑魚制圧だとかなり便利だよ。ただ、ボス級には厳しいけど

736.名無しの盗賊

【※37】エンチャント。属性付与のこと。例・剣に炎属性をエンチャントする

戦士系とかタンク系[※38]の職業はむしろ一本に絞って集中するほうが効率いいからな
俺らみたいな速度や手数重視の職業は手札の数がモノを言うから

737.名無しの狩人
まあ、装備のメンテナンスがより大変になるんだけどな
矢の消費もバカにならないし、弓の耐久値ががが……

738.黒い炭鉱夫
ゴリゴリ耐久値削れるんだよなぁ……まあ修復設備あるし、材料はあるから修理は簡単にできたんだけど

739.名無しの錬金術師
うらやま
そういえば珍しい素材なにかあった？

740.黒い炭鉱夫
金鉱石ぐらいかなぁ……たぶんアクセサリーに使用するんだろうけど

741.名無しの鍛冶師
金かぁ……
他には換金用か。まあ、いつか使い道はできそうだが
それはそれとして、材料ありがとうよ。今度会うことがあったら何か装備を作ってやんよ

742.黒い炭鉱夫
今度は頭装備が良いかな。

【※38】タンク系。モンスターの攻撃を受ける囮(おとり)役の職業系列

上半身マフラー
下半身海パン
足ビーチサンダル
アクセサリー指輪
武器ナックルとスコップ

……ねえ何このネタ装備
このネタ装備に何を合わせるというんだい？　ゴーグルかい？

743.名無しの鍛冶師
いや、炭鉱夫に合わせて安全第一ヘルメットを用意しておいてやる。レシピにあった

744.名無しの旅人
なんだw　その装備w

745.黒い炭鉱夫
この流れで更に変態的な格好を勧めるとは……
だがよかろう。次に会ったときは装備してやろう

746.名無しの鍛冶師
自分で言っておいてアレだが、なんでノッてくるんだw

747.名無しの盗賊
そんなんだからサービス開始１週間で有名人まとめスレに名前が載るんだよ

748.名無しの剣士
怪盗とか忍者とかサムライとか芸者とか、どこかで聞いたような人物の多いアレか

749.名無しの忍者
はて、拙者のほかに忍者はいたでござるか？

750.名無しのサムライ
某のほかにサムライはいたでござろうか

751.名無しの芸者
んー知らない人ですね

752.名無しの怪盗
すっとぼけたいけど、絶対にほかに怪盗がいないって確信している。あれ完全ランダム発生なうえに俺が一度なったらジョブチェンジ難しいこと言っちゃったから

753.名無しの盗賊
すっとぼけている奴らお前らだからなw
怪盗さんは強く生きてください。ってジョブチェンジできないの炭鉱夫さんより苦行なんじゃ

754.名無しの怪盗
慣れれば楽しいよ。程度に寄るけど、アングラ[※39]なジョブ専用の裏道なんかもあるしギルドに近い機能を使える施設なんかもある
まあどこにあるか教える気もないけど

【※39】アングラ。アンダーグラウンド。犯罪的という意味でも使われる

755.名無しの魔法使い
そんなのあるのね

756.名無しの盗賊
え、おれ知らない……(´ ・ω・`)

757.黒い炭鉱夫
アングラジョブだよな盗賊

758.名無しの怪盗
盗賊みたいにそれ用ギルドがあるのは別
専用ギルドにたどり着きにくいもの限定なのかな

759.名無しの剣士
知り合いがそれ系だったな。ネクロマンサーなんだが、通常ギルドはほとんど利用できていなかった

760.名無しの魔法使い
あーその系統は禁術扱いなのよね
ワタシも覚えようと思ったけどリスクがいろいろあったからやめたのよ
その人、よくネクロマンサーになったわね

761.名無しの剣士
基本ソロプレイ専門なんだが、一人でボスを倒すために軍団を率いるのに手っ取り早いのがこれだとか言っていた。まあ、召喚できるアンデッドはすさまじく弱い上に一体召喚するのにMP使うからいろいろと試行錯誤していた

762.黒い炭鉱夫

外は楽しそうだなー
こっちは進んでも進んでも先が見えてこない
掘り進めるような場所もあるけど、時間がかかりそう
っていうかRPGなんだよね？　掘って資材集めて壊れたギルド修復しながらアイテム売ったお金で装備整えて、また掘って設備整えてスコップとピッケル強化してさらに掘り進めてーあれ？　これRPGだよね？

763.名無しの旅人

wまあ炭鉱夫ロールプレイだと思えばww

764.名無しの錬金術師

たしかに別のナニカに見えるw

765.名無しの盗賊

マイク…………いや、テラ……うーん

766.黒い炭鉱夫

もうあきらめた。とにかく現状を打破するためにも新しいことをしようと思う
何か案はないか

767.名無しの剣士

レベルを上げて速さにものを言わせて突破

768.名無しの魔法使い

アイテムレシピから何か作る。ギルドを修復して工房みたいな施設が使え

るようになったのよね

769.名無しの錬金術師
ログボでもらったガチャチケ回す

770.名無しの探偵
死体ごっこ

771.名無しの盗賊
おもむろに踊ってみる

772.名無しの舞妓
いっそ全裸になる

773.黒い炭鉱夫
ふざけ出したので締め切る
というわけでガチャチケ回してくる

774.名無しの旅人
お前も十分ふざけとるからw

775.名無しの怪盗
ガチャチケか
そういやこのゲーム課金要素ってなんだっけか

776.名無しの魔法使い
アバターアイテム類とかEXPバフ[※40]とか

【※40】EXPバフ。経験値上昇効果のこと

あとは倉庫の類とか蘇生アイテム。制限はあるけどテレポートアイテムなんかもあったわね
他には何があったかしら

777.名無しの剣士
ガチャチケとアイテムポーチ増量の類もだな
未実装だがペットやゲーム内全域へのシャウトアイテム[※41]なんかも実装予定らしい

778.名無しの錬金術師
ガチャの景品は何があるんだろうな

779.名無しの旅人
アバターやユニークな性能の装備品（実用性は低い）、回復アイテムやテレポートアイテム、バフアイテム[※42]に家具、ペットの餌、生活アイテム（釣り具や楽器）など
まだハウジングとペットは未実装だけどアイテムだけ先行で手に入る謎仕様

780.名無しの剣士
くわしいな……さては回したな

781.名無しの旅人
とりあえずお布施で30連
確率はしょっぱいぞ
当たりは装備品だな。次点でアバターか

【※41】シャウトアイテム。ゲームを遊んでいるみんなに自分の声を届けるアイテム。多用はマナー違反
【※42】バフアイテム。一定時間能力値を上昇させるアイテム

782.黒い炭鉱夫

ポーションだった

783.名無しの旅人

www　まあペットの餌よりはマシだし

784.名無しの錬金術師

そこでハズレを引くのかw

785.名無しの盗賊

運はいいはずの炭鉱夫さんが

786.名無しの探偵

吾輩の推理によると炭鉱の中一人で探索している時点で運は悪いだろう

787.名無しの怪盗

別に探偵じゃなくてもわかる事実なんだよなぁ

788.黒い炭鉱夫

神は僕に何をさせたいのか……あ、前に即死バグ踏んだ時のお詫びでもらったガチャチケもあるからそれも回してくる

789.名無しの盗賊

そういえばあったなぁ……
ポーション同時飲みのやつだっけ

790.名無しの剣士

他にもいろいろとバグ報告あったからか、すぐにパッチ当てられた
同時飲みからわずか２日の出来事である

791.名無しの魔法使い
武器の破損エフェクトバグとか強すぎたからねー
破損エフェクトにダメージが乗っているせいでワザと壊れかけの武器を用意するプレイヤーが続出したし。まあ、すぐに収束したけど

792.名無しの錬金術師
馬とか騎乗中にBBS開くと上に吹っ飛ぶバグには笑ったよ

793.名無しの盗賊
安全エリアにモンスターが入ると想定外の挙動になるせいなのか、名状しがたい何かになって怪しい挙動するやつは腹筋が痛くなった

794.名無しの旅人
ああ、ゲッダンバグ[※43]か

795.黒い炭鉱夫
いろいろなバグがあるんだなぁ……ガチャ結果はエステチケットだったから、肌の色を黒くした。これで名実ともに黒い炭鉱夫である

796.名無しの盗賊
そういやヴァンパイアだから今まで青い炭鉱夫だったのかw

797.名無しの怪盗
引きが良いのか悪いのかw

【※43】ゲッダンバグ。キャラクターが細長い線のような物体に変化して四方八方に暴れまわるバグ。物理演算におかしいところがあると発生する

798.黒い炭鉱夫

あと、新たなバグを発見した

799.名無しの剣士

肌の色かぁ……夏イベの時には私も変えようかな。小麦色の肌に

800.名無しの魔法使い

ガチャ結果にツッコミ入れる前に妙な情報載せないで
何よバグって

801.名無しの旅人

またバグ引いたんかw

802.名無しの盗賊

なんだよまた死んだのか？

803.黒い炭鉱夫

今回は死んでません
アイテムモールから戻ったら敵がいて、驚いて咄嗟(とっさ)にポーション投げちゃったんだけど、なぜか敵が燃えたんだよ

804.名無しの盗賊

敵が出る場所でモールに入るなw
アンデッド系なら燃えそうな気がするけど？　ポーションに反応して燃えるとか他のゲームで見たことあるし

805.黒い炭鉱夫

いや、ストーンゴーレムが燃えた

806.名無しの怪盗
バグだな

807.名無しの旅人
試しに俺もやってみた
燃えた

808.名無しの探偵
私もやってみたが……燃えるな。どういうバグなんだコレ

809.名無しの錬金術師
試してみたけど、エフェクト的には錬金術スキルで作れる火炎瓶っぽいな。
ダメージ量も同じ感じだし

810.名無しの魔法使い
魔法じゃなくて薬品系の延焼ダメージが入っている感じね

811.名無しの探偵
なら内部で間違って火炎瓶と同じ判定が出ているのだろう
悪用すると問題になるから、早々に報告することを勧めよう

812.黒い炭鉱夫
そうする。前回と同じくみんなもよろしく

813.名無しの盗賊

しかし運がいいか悪いかはともかく、引きは強いよな

@@@

再びバグを発見してから更に1週間が経過した。サービス開始から2週間と少し。
ただいまゲームのメンテナンス中につきプレイはできないが、公式サイトのほうが先に更新が終わったため、パッチ情報や最初のゲーム内イベントについて閲覧している。
ちなみに僕の見つけたポーションバグだが、修正箇所について見てみると火薬とポーションを合成できるバグも存在していたことが分かった。もしかして火炎瓶と火薬合成で何か作れたのだろうか？　そのあたりの判定が混ざっていたとか？
他にも倉庫から連続でアイテムを出し入れしまくると自キャラが地面を突き抜けて下へ下へと落ちていって死ぬバグもあったらしい……まだ即死バグあったのか。そして、マーケットのために倉庫を多用していた僕も危なかったなコレ。アイテムとゴールドの出し入れかなりしていたし、下手したら所持金が飛んでいた。
あとめぼしいのは……特定のクエストを同時受注すると進行不可になる…………ってアカンやつ。
「で、本題のアップデートイベント……バージョン1.1へ、それに合わせて初の大型イベント開催か」
まあ、今までのはむしろ実装するとは言っていたが、実装されていない機能が多かった未完成版みたいなものだったのだが。今回……というか今日のメンテナンス自体、アップデートのためのものだ。並行して修正も行っているということか。
今まで未実装だったハウジングシステム（僕のやっていたギルド修復のように近い機能はあった）が完全実装され、自分の部屋を持てるようになるらしい。
あと、アイテムの染色機能の追加。今までも限定的にできていたが、利用できるアイテムがさらに増えたのだ。
ストーリークエストの追加や各種調整……ダンジョンも追加されているのか。
そして職業もさらに増えて、一部上位職も実装されたと。
「とはいっても、上位職なんてしばらく先になるか」
特定職業で更に条件を満たすことで転職可能な上位職。より強力なスキルが使えるようになるらしい。
まあ炭鉱から出ないことには転職できないんですけどね。
「そして最後の目玉が……レイドボスの実装」
今まで「ぶふぉ」にいたボスは、ダンジョンの奥地にいるタイプ、フィールドを徘徊するランダム出現のボス、クエストを進めると出てくるタイプの3種類だったが、今回、4種類目として大人数で戦うことが前提の巨大ボスが実装されるということだ。
今後も基本的にイベントや高レベルのクエストにおける最終ボスなど、特殊な条件で出現する予定のボスモンスター。初の大型イベントはこいつとの戦闘になる。

開催はさらに2週間後。ちょうどサービス開始から1カ月後か……参加者は事前に登録し、開催期間7日間のうちにある開催時間から希望の時間を選択してくださいと。

フィールドは登録時間になったら自動的にイベント専用フィールドに転送され、戦うことになる。つまり、限定的だがようやく日の光を浴びることができる——？

【やんごとなき】掲示板の皆さま助けてください5【発掘作業】

133.黒い炭鉱夫

【朗報】仮出所

134.名無しの錬金術師

イベントで一時的に出るだけだろうがw

っていうか2週間の間に出る気はないのかw

135.名無しの旅人

なんで自分で出ること諦めてんだよw

136.黒い炭鉱夫

さらに1週間経ってわかったんだ……この炭鉱、滅茶苦茶広いって

137.名無しの魔法使い

まあ薄々わかってはいたんだけどね

まさか炭鉱の更に下に古代文明の宇宙船的なものが眠っていたとは思わなかったわ

138.名無しの探偵

この私の眼をもってしても古代文明の技術を取り込んだゴーレムが現れるとは思いもしなかった

139.名無しの剣士

あの古代文明シリーズ、倒せば古代兵器のパーツが手に入っただろうに……

140.黒い炭鉱夫
無茶言うなw　レベル差がエグイって
あれって古代兵器をある程度直したらさらに強化するためとか、そういう段階で戦う敵だぞ絶対。こっちが一瞬で蒸発するんだぞ

141.名無しの錬金術師
ゴーレムっていうかオートマタ[※44]っぽいのもいたんだよな。スクショで僕の求めていたものはこれだと思ったんだが……炭鉱夫さんが脱出したら何としてでもそっちに行きたいものだ

142.名無しの盗賊
いまだに地図上でどこに位置するかわかってないからな

143.名無しの怪盗
それとなくどのあたりに炭鉱があるのか探して回っているけど、基本的に見つかるのは廃坑ばかりなんだよね。たまに見つけても、稼働している炭鉱なんだよね
どっちもレア鉱石出てこないし
まあ俺は転職できないから外から見ただけだけど

144.名無しの旅人
俺も見つけたけど、転職する気はないから鉱石だけ掘らせてもらって後は放置だわ

145.名無しの盗賊
見つかった炭鉱や鉱山のすべてで炭鉱夫さんのところを上回る品質がないんだよ

【※44】オートマタ。機械人形。動くマネキンのようなもの

146.名無しの魔法使い

廃坑同然なのに良質な鉱石がとれる
モンスターが湧きまくっている
地下に古代文明の遺産がある
かなり広い
…………NPCからの情報でも全然たどり着かないのよね

147.名無しの剣士

王国重鎮NPCも知らないようだし、少なくとも私のいる王国は関係ないな

148.名無しの怪盗

西の帝国も違うっぽい

149.名無しの鍛冶師

ドワーフの工業都市にも情報はなかったなぁ……まあそれでもようやく鉄鉱石は安定して手に入るようになったんだが
ただ、レアものは炭鉱夫さんが一番の供給源なことに変わりない

150.黒い炭鉱夫

そこまで見つからないものなのだろうか？

151.名無しの鍛冶師

ゲーム開始からまだ2週間ってことを考えると、運営の想定はまだまだ店売りの装備で探索している段階だったのかもな。それか、もうちょっと生産プレイヤーが多いと思ったのか
母数が多ければ供給源も多いだろうし

結果的に鉱石類は炭鉱夫さんだけが引き当ててプレイし続けているわけだが

152.名無しの旅人
なんでこうなったんですかねぇ……

153.黒い炭鉱夫
ホントどうしてこうなった
それはそれとして、出所するんでヘルメットをお願いしますだ

154.名無しの鍛冶師
何故わしがあの時の鍛冶師だと？

155.黒い炭鉱夫
いや、掲示板に入り浸っている人たちって基本面子同じだし、あんたら職業かぶらないようにしているだろ

156.名無しの鍛冶師
まあ流れでそうなったのは否定しない

157.名無しの魔法使い
なんかそういう空気がねー

158.名無しの錬金術師
ちょくちょく職業変えてアイテム集めしているんだが、書き込む時はこっちのほうがわかりやすいかなって

159.名無しの旅人

そもそも初期から書き込んでいる連中ぐらいしか書き込まないからここ
知り合いにも教えているけど、基本ROM専[※45]なんだよ
あと、オレは旅人から変える気はない

160.名無しの剣士

私はそのうち上級職になりそうだからそっちに変えるけどね

161.黒い炭鉱夫

いいなー上級職
あと入り浸っている連中はそろそろコテハン[※46]つけてくれ。新参が参加しにくい

162.髭の鍛冶師

とりあえずこれでいいかの

163.怪盗紳士

俺の場合他にいないだろうから別にいいかなとも思ったが

164.魔女は奥様

まあいい機会ということで

165.サムライブルー

なぜそこまでしてプレイヤーネームを使わないのか

166.くノー

拙者もとりあえずこれで

【※45】ROM専。掲示板に書き込まず、見ているだけの人のこと
【※46】コテハン。掲示板に書き込む際に付ける名前。固定ハンドルネームの略

167.永遠の旅人
わかりやすい感じでw

168.エルフの錬金術師
適当に……って忍者!?

169.黒い炭鉱夫
今日一番の衝撃だった

170.サムライブルー
びっくりでござる

171.くノ一
だれも気が付いていなかったのでござるか

172.魔女は奥様
確かにびっくりだけど、なんで私には誰もつっこまないのよ

173.黒い炭鉱夫
なんとなく、ですよねーって感じで

174.サムライブルー
MMO慣れしているあたり、相当いろいろやっていた口だろうなぁと
べつに既婚者でも驚かないでござるよ

175.女騎士
ま、まあ私は驚いたよ

176.魔女は奥様
＞174.そんなフォローはいらないのよ

177.魔女は奥様
まって、アンタもしかしていつもの剣士？

178.女騎士
他に誰がいるのだ？

179.黒い炭鉱夫

180.永遠の旅人

181.サムライブルー

182.くノー

183.髭の鍛冶師

184.名探偵

185.怪盗紳士

186.エルフの錬金術師

187.服屋農家

188.太公望

189.ワイルドハンター
それは無理がある

190.女騎士
何故だ!?

191.魔女は奥様
本当に女性だとしてもなんでわざわざ女騎士なのよ

192.女騎士
？　見たままを答えただけだが

193.名無しの狩人
ごめんなさいこの人、天然なんです
横で見ていたら妙なこと言い出したので弁明させてもらいますと、本当に女性です
では以後ROMに戻るので

194.女騎士
なぜみんなしてそんなことを言うんだ……

195.黒い炭鉱夫
それがわかっていない時点でみんなが絶句するのは仕方がない

@@@

「まさかお堅い口調の剣士さんが女性だったとは……」

そんなことを言って、オレは自分のことを棚に上げた。

永遠の旅人、なんて言って一切転職せずに遊ぼうとする奇特な自分ではあるが、オレはこんな自分が好きなのだ。そして、いつものごとく本題からそれまくってわけのわからない空気になっている掲示板を一度閉じた。

「はい、これがお探しのアイテムね」

「おおありがたや……勇者様、ありがとうございますじゃ」

「だから旅人だっての……まあ決められたセリフしか言えないNPCじゃこんなこと言っても意味はないんだろうけど」

どうしてもNPCの言動には限界がある。だからなんだかんだと人との会話を求めてみんな掲示板を覗いてしまうのかななんて考えが頭をよぎる。

長いこと一人ぼっちの空間で遊んでいる彼はどんな気持ちなんだろうか……と、これまでの会話の流れでバカな考えが頭に浮かんだ。

「…………炭鉱夫さんも女性なんてオチはないよね」

オレも人のこと言えないとはいえ、さすがにそれはないだろうなぁと思う。

あと自分の性別のことを言わなかったが――やめておこう。どうせ信じてもらえない。

「まあイベントの時にばれるだろうけど、そん時はそん時か」

プレイヤーネーム「ニー子」、最強の「旅人」を目指すもの、ってね。

結局本題には入らなかったが炭鉱夫さんと鍛冶師は同じ時間のレイドに参加するだろう。もしかしたら、入り浸っていた連中は全員来るかもしれない。

それはかなり楽しそうだ。そんなことを考えながらオレはにやりと笑うのだった。

@@@

さて、唐突だが「称号」について覚えているだろうか？

そう——僕が手に入れた称号【か弱い生き物】。まあ、俊敏値に補正が入るだけの代物だが、まぁまぁ役に立っている。

ちなみに、このゲームのステータスだが順に述べるとこうなる。

HP
MP
筋力値
防御力
魔力
抵抗力
俊敏値
器用度
幸運値

基本的にこれらの数値はレベル上昇に伴い上がっていく。種族補正と職業レベルによってそれそれで基礎ステータスに1・02倍とかそういう感じで補正が入ってくるわけだが……まあその話はそこまで重要じゃないから今はいいだろう。結局レベルを上げて物理で殴ればいいのだから…………あれ？　僕って魔力と俊敏に補正が入る「ヴァンパイア」のはずだよね？　なんで物理攻撃主体になっているんだ？

いや、筋力値はマイナス補正入らないんだけども。なお、防御力にはがっつりマイナス補正が入っている。抵抗力（魔法防御力や状態異常耐性に関係する）は大丈夫だったはずだが。

本題からズレたので、今回の話に戻そう。

入りからわかるように、また新たな称号を手に入れたところからスタートだ。もう一つ、とんでもないものも手に入れたのだが……それも語るとしよう。

【魔改造】掲示板の皆さま助けてください8【スコップ爆誕】

28.女騎士

レイド参加日も決まったことだし、やることといったらレベル上げぐらいか

29.永遠の旅人

基本的に自由なゲームですしw　最終的になんとなくいるだけになるw

30.魔女は奥様

そうならないために運営もいろいろ考えているんでしょうけどね、いかんせんストーリークエストは次の大陸が実装されないと本格的に始まらない感じだし

31.盗賊団

王国と帝国の緊張感が一ってところで停滞しているからな

32.怪盗紳士

両方の国の上層部NPCを観察しているといろいろ面白いんだけどね

33.服屋農家

それ、あなただけですよ
とんでもないステルス性能で忍び込んでいるだけじゃないですか

34.怪盗紳士

この遊びの面白さがわからないとは……

35.黒い炭鉱夫

盛り上がっているところ悪いけど、ここは雑談スレではない（自分も時々参加していることは棚に上げておく）

僕からみんなへの相談スレだ――というわけで新ネタぶっ込むから夜露死苦

36.盗賊団

待っておりました

37.怪盗紳士

だって最近ほとんど同じ面子しか見かけないし

38.サムライブルー

いつもの面子が集まっていたのもこの前の絶句回ぐらいでござるけどな

39.くノー

本日はまあまあ人がいるでござる

40.黒い炭鉱夫

というわけで、新ネタだ

新しい「称号」を獲得した

41.女騎士

ここにきて新称号か、レイド前に幸先がいいのではないだろうか

42.魔女は奥様

称号自体、獲得報告が少ないんだけどね

43.盗賊団

今確認されているのでも30個くらいだっけか

44.怪盗紳士

簡単に手に入るものほど効果は低いけどね
俺も3つくらい手に入れたけど、取得方法判明している簡単なものばかりだし

45.エルフの錬金術師

変わり種だと、【異世界転生】とかかな。車両に轢かれて死亡で取得。効果はデスペナの緩和
あと、取得方法は簡単だけど難しいのが【ランナー】。長距離を一定速度で走り続けて取得。全スキルで消費MPが下がるという破格の効果だけど、かなり俊敏特化じゃないと速度が足りないことが検証の結果判明した

46.魔女は奥様

MP消費減とか欲しかったのにッ

47.盗賊団

ケットシーとヴァンパイア専用みたいなところあるから、アレ

48.黒い炭鉱夫

それはいい情報。今の装備なら取れそうだけど、まずは外に出ないと話にならない
というわけで新称号は【一匹狼】。取得条件がまず僕以外無理じゃね？レベルだった

49.怪盗紳士
あっ（察し）

50.魔女は奥様
あー、うん。取得条件なんとなくわかったわ

51.エルフの錬金術師
どうせ一定時間人に会わないとかでしょう
ソロで一定時間は達成できそうだし

52.サムライブルー
わかりやすいでござるなぁ……

53.黒い炭鉱夫
その通り、人に会わない状態で一定以上の時間を過ごすことが条件。NPCすらもアウト
ただし効果は破格で、ソロの時に限り全ステータスがアップする。しかもかなり

54.エルフの錬金術師
マジで!?

55.魔女は奥様
全ステアップってすごいの来たわね

56.エルフの錬金術師
こりゃ笹食ってる場合じゃねぇ

57.怪盗紳士
全ステアップか……でもサービス開始から3週間以上。ログインしていた時間だけ計算するとして、大体何時間ぐらいなんだ条件

58.黒い炭鉱夫
たぶんキリのいいところ、100時間じゃないかなぁ……(´・ω・`)

59.女騎士
普通は無理だな

60.盗賊団
ぶっ続けで遊んで……休憩入れるとしても、取るのに1週間近くかかりそうなんですが

61.くノ一
なんという取得条件なのでござろうか
しかも人に会ったらその時点で条件リセット

62.怪盗紳士
できれば取ろうかと思ったが、無理だわ

63.黒い炭鉱夫
しかもこれ、レイドボスみたいな複数パーティーの協力エリアでも効果停止するって書いてあるんだけど

64.盗賊団
やっぱアンタ、引きは強いのにどうしてそう外してくるんだ……

65.髭の鍛冶師
なんでそう極端なことに

66.黒い炭鉱夫
僕が聞きてぇよ

67.女騎士
まあ元気出せ、そのうちいいこともあるさ

68.黒い炭鉱夫
あるかなぁ……今、称号効果で上がったステータスにものを言わせて巨大ゴーレムを倒しているところなんだけど

69.永遠の旅人
書き込んでいないで戦闘に戻れw

70.黒い炭鉱夫
コツをつかんだところなんだ
改造したスコップで土属性魔法を発動させてゴーレムの動きをひたすら封じて、スピードに任せて走り続けて書き込みながらちまちま攻撃している

71.女騎士
どうやって攻撃しているのだ？
スコップで魔法を発動していて、書き込みながらだと攻撃方法がないような気もするが

72.黒い炭鉱夫

いや、スコップは背負っている。攻撃は古代兵器でちまちま突っついている。耐久値がないから延々と使えるし

73.盗賊団
そういやあったなぁ……そんな最高レアリティアイテム
いまはただの鈍器

74.怪盗紳士
槍ですらないのか

75.女騎士
なんという宝の持ち腐れ

76.サムライブルー
売れたら絶対に売っていたでござるよな

77.魔女は奥様
炭鉱夫さんの性格なら、無用の長物は売りそうよね

78.黒い炭鉱夫
心外である。さすがにこれは売らなかったよ
まあ、ほとんど倉庫の肥やしみたいな感じだったのは否めないが

79.盗賊団
奇行には前科がありすぎるんだよなぁ……だから他プレイヤーがやらなそうなことをやると思われている

80.黒い炭鉱夫
そんなに変なことしているだろうか？

81.怪盗紳士
現在進行形でしているだろうに。いや、俺も人のこと言えないタイプだけど

82.エルフの錬金術師
最近だと、倉庫バグ直ったのか検証するために連続で倉庫出し入れして爆死したじゃないか

83.魔女は奥様
爆死は草生えたわよ
というか運営、いや開発？　どちらにせよ別のバグが発生しているじゃないのよ

84.サムライブルー
火薬が手に入ったからと、大量の爆弾でモンスターを爆発物のみで倒してみたりもしていたでござるからな
まさか爆発アイテムのみだと経験値が入らないバグがあったとは思いもしなかったでござるよ

85.女騎士
なんでそんなにバグに遭遇するんだ

86.服屋農家
これは天然デバッガーですね

87.黒い炭鉱夫

何故だッ　僕以外にも面白いバグを見つけた人いたんだろうッ

88.怪盗紳士

あったけども……通称犯人バグ

89.盗賊団

あーアレはリアルタイムで見ていたから笑ったわ

90.魔女は奥様

あのハラスメント野郎のバグね

91.黒い炭鉱夫

ハラスメントのバグ？

92.盗賊団

そっか、炭鉱夫さんは知らないのか

93.怪盗紳士

解説すると、ハラスメント[※47]行動をしたキャラクターのテクスチャがバグる状態になっていて、全身が真っ黒になる。目と口だけは分かることと、犯罪行為をすると発生することからついたのが「犯人バグ」という名前

94.黒い炭鉱夫

それは見てみたかったw

95.怪盗紳士

【※47】ハラスメント行動。いやがらせのことだが、ここでは性的いやがらせが該当

この話のオチは、面白がった運営がさらにバグらないように調整したうえで仕様として残してしまったことである

96.黒い炭鉱夫

www

97.盗賊団

俺、あれで運営に一生ついていこうと思ったわ

98.魔女は奥様

ここまでくると、わざとなんじゃないかと思えるわよね

99.女騎士

アレは私でも直視できない……笑いをこらえるので精いっぱいだ

100.魔女は奥様

今はさすがに、悪質なプレイヤーにしか発生しないんだけどね

101.黒い炭鉱夫

なんというw　これは早いところ外に出たい―あれ？

102.怪盗紳士

どうした？

103.黒い炭鉱夫

いや、ちょうどゴーレム倒したところなんだけど……なんかリザルト[※48]に見慣れないものが

【※48】リザルト。戦闘結果。ボスを倒すと、表示が出てくる

104.盗賊団

ボス級なら※49キルボーナスが出たとか？

105.エルフの錬金術師

キルボーナスでは？

106.黒い炭鉱夫

キルボーナスも出ているけど、そっちじゃない。それは知ってる
なんか、奥義習得とか出ているんだけど

107.盗賊団

「」

108.怪盗紳士

え、マジで

109.魔女は奥様

どんだけ狩りまくっているのよ……いや待って、スコップの奥義？

110.黒い炭鉱夫

うん、そうだけど

111.魔女は奥様

たしか生産職で使う場合も奥義までの経験値というか熟練度が溜まる仕様
だったわね

112.盗賊団

【※49】キルボーナス。ボスに最後の一撃を決めた人へのちょっとしたご褒美

あーそうか、炭鉱夫さんスコップで掘り進んでいたか。モンスターとの戦闘以外でも奥義までの経験値が溜まっていたか

113.黒い炭鉱夫

いい加減奥義について教えてプリーズ

114.怪盗紳士

公式サイトを見てくれば……いや、あれ結構わかりにくいか
簡単に説明しよう。各武器を使い込むことで発生する、奥義スキルのことである
単体ではそれほど強くはないのだが、他のスキルに組み合わせて使うことができるのが特徴。これで自分だけのオリジナル必殺技をつくろうというのがコンセプト

115.黒い炭鉱夫

へぇ……とりあえず発動してみた

116.盗賊団

どうなった？

117.黒い炭鉱夫

先端が、ドリルに変化した……MPごっそり持っていかれて、一定時間ドリルになるみたい
で、さらにスキルを発動させることができると…………確かに強そうだけども

118.怪盗紳士

いいなぁ……男のロマン

119.盗賊団
ドリルは男のロマン

120.魔女は奥様
穴暮らしでドリル――ハッ!?

121.サムライブルー
ギガドリルッ

122.黒い炭鉱夫
すごい、採掘スキルと組み合わせると楽々掘れる

123.サムライブルー
流れぶった切ってなに言ってるんでござるかw

124.魔女は奥様
っていうか採掘スキルとも組み合わせられるのw

125.永遠の旅人
やっぱり奇行するんじゃないかw

126.黒い炭鉱夫
解せぬ(´・ω・`)

@@@

奥義を習得してからさらに時間が経ち、ついにイベント開始である。本日、イベント開催3日目。すでに参加登録済みだ。

【レイドボス「ベヒーモス」を討伐せよ】という、まあ今後行われるレイドボス戦に向けてのチュートリアルみたいなものなのだが。

開催期間7日間の中で参加したい時間を選択して、同じ時間に登録した人たちとレイドボスと戦うという形式をとっている。情報の出そろっていない1日目は報酬が良く、後のほうになるにつれてランクが下がっていくらしいが……取得した人の情報を見るに、最初から少し装備品が強化されているとかそういったおまけ程度だったようだ。荒れてんなぁ……………外野は草生やしているが。

「攻略情報もそこまで出ていないなぁ」

わかっていることはせいぜい、かなりの巨体であること。ライオンに角をくっつけたような見た目らしい。初レイドボスということを加味してか、属性攻撃はない。弱点属性もない。物理攻撃と衝撃波、地面をえぐるような動作で岩をぶつけてくるなどシンプルな攻撃方法主体。

弱点や行動パターンなどは不明、物理攻撃も魔法攻撃も効果の差はあまりないらしい……チュートリアルみたいなものだし、どんな職業でも戦えるようになっているのだろうか。

戦った人たちのコメントや、スクショやプレイ動画を見る限りヘイト[※50]が最も高いプレイヤーの

【※50】ヘイト。ダメージ量などでヘイトの数値が決まり、モンスターの攻撃する相手が決まる

職業に合わせて行動変化している節がある。
「………予測は無理か」
このゲームって職業すさまじく多いし、いちいち行動パターン気にしていられないかもしれない。
それに、みんなキルボーナス欲しさにメインで遊んでいる職業で挑んでいたから……すごく混沌としているし。僕たちなんか特にそうなるだろう……僕をはじめ、戦闘するための職業なのか怪しい人たちがいるし。アクの濃いメンツがそろっているのもある。
ちなみにだが、キルボーナス取得時にはその時の職業に合わせたアイテムが手に入る仕様になっている。
前回の巨大ゴーレム時、僕は新しいナックル系の装備を手に入れた。
というわけで、現在の僕の装備がこれだ。

基礎レベル20　職業レベル【炭鉱夫】18
・頭【なし】（あとでヘルメットを金鉱石と交換予定）
・上半身【深紅のマフラー】俊敏値にプラス10、防御力5　星2
・下半身【渚の海水パンツ】俊敏値にプラス15、防御力7（上半身に装備制限）　星2
・足【雅なビーチサンダル】俊敏値にプラス8、防御力1（悪路での俊敏値ダウン緩和）　星2
・アクセサリー

【守護の指輪】防御力にプラス4　星1
【守護のイヤーカフス】防御力にプラス4　星1
【爆発のリストバンド】爆発物の威力を1・05倍する　星3
【翡翠のブローチ】MPをプラス20　星3

・武器
【ダイヤモンドストライク】種別：スコップ　星5
ダイヤモンドによる強化を重ねられたスコップ。魔力を宿したことで杖としての性能を獲得した

物理攻撃力200　魔法攻撃力180
セット奥義【マジックドリル】
使用可能スキル：剣・槍・斧・盾・杖・魔法・採掘

【守護者の鉄拳】種別：ナックル　星3
はじまりの炭鉱の守護者を討伐したものに贈られる拳
物理攻撃力80　魔法攻撃力1　防御力にプラス10
セット奥義【なし】
使用可能スキル：拳・魔法

・称号【か弱い生き物】装備品を除いた俊敏値を1・05倍する

ということになる。これを見た人がいたら武器についてツッコミを入れたくなることだろう。説明すると、どうもあのはじまりの炭鉱は外に出るまでが非常に大変である代わりに鉱石が最高品質まで出る仕様になっているみたいだ。さらに、外から入るのも大変なのだろう。いまだに誰も見つけていないし。

まあ、失敗作や大量の素材と引き換えではあるものの、星5を炭鉱の設備で作れた時点で今後レアリティがさらに上のが出そうだが。性能強化は炭鉱の設備じゃできなかったので＋はつかなかったけど。ちなみにピッケルも強化して、【きらりんピッケル】にした。名前の通りふざけた性能で、物理攻撃力が1の代わりに魔法攻撃力が500というとんでもない代物だ。だが、重すぎて装備できなかった……ちょっと悲しい。

性能がアレだけどレア度は星4……のわりに妙な性能だし。もしかして、レア度と性能は比例しない？

あと、アクセサリーを装備可能数の限界までつけたが、これでどこまで防御力を伸ばせるか。いっそ特殊効果狙いに絞るべきだったかもしれない。

称号もセット可能なのは一つだけなので、恩恵が得られなくなる【一匹狼】ではなく【か弱い生き物】にしてある。さすがに普段は【一匹狼】のほうをつけているが。

そんな僕のステータスだが……なんでこうなったんだろうなぁ。

HP：152
MP：212（＋20）
筋力値：151
防御力：52（＋31）
魔力：187
抵抗力：140
俊敏値：376（＋33）
器用度：157
幸運値：50

と、なったわけだが。まあこれだけだと分かりづらいだろう。

参考までに挙げると、今回ベヒーモス戦に参加しているプレイヤーの多くは基礎、職業共にレベルは大体15前後だ。そこまでステータスの差は出ないのだが、いかんせん僕の場合は俊敏がとがり過ぎている。普通は装備込みでも一つのステータスが300を超えるようなことにはなっていない。精々が200だ。

逆に、レベル15以上で防御力（これは物理に対しての防御力である）が100超えていないのも相当珍しいだろう。最前線のプレイヤー、それもケットシーやヴァンパイアなどの防御マイナス補正を持つプレイヤーであっても、少なくとも150は確保しているらしいし、ほとんど半分程度だ。

魔法系ステータス（抵抗力は魔法に対しての防御力）が高いのは種族特性によるものだろう。

まあ職業補正がなかったら防御力はさらに下がるわけだが……一度【旅人】に戻したとき、あまりの低さにうわぁって声が出たし。ちなみに、俊敏値は逆に上がった。どうやら【炭鉱夫】は俊敏値にマイナス補正がかかっているらしい。でなければ下がるはずもない。

……今後、種族変更が可能になったら変えることも考えておこう。

@@@

イベント開始までもう間もなく、ギルドから大陸の北西の島。ウンエー国【バトルコロッセオ】へと転送された。

「ああ、太陽はここにあったんだね」

そうか……この世界の空は、青かったんだ！

「炭鉱夫さん、うれしいのは分かるけどその格好とかどうにかならないの？」

いかにも魔女な格好のお姉さんに声をかけられる。さすがに日光浴を楽しむのもほどほどにするか。ちなみにこのゲームのヴァンパイアだが、あくまで吸血能力を秘めた種族というだけで別にリアルの吸血鬼の伝承は関係ない。

なお、吸血能力については未実装（設定だけ）である。もしかしたら種族専用スキルとかも実装されるかもしれないから、期待はしている。

格好については安価で決まったので仕方がないのである。この【深紅のマフラー】って名前のわりに上半身が裸にマフラーだけになるというとんでも装備だし。

ちなみに、女性がつけると水着になるらしい。

「そのいかにも魔女な格好、魔女は奥様さんですね」

「ええ。プレイヤーネームは『みょーん』よ。よろしくね」

「……………なんですかその気の抜ける名前」

「『ロポンギー』に言われたくはないわよッ！」

それもそうだ。

「盛り上がっとるのう」

「ひげもじゃの巨漢!?」

身長180……いや、190ぐらいはあるのではないだろうか。

「んー、そちらは髭の鍛冶師さん？」

「おうとも。ワシは『ライオン丸』。見ての通り……って巨体でわかりにくいじゃろうが、ドワーフじゃ」

「そういえばリアルからあまり体格差が出ないようにある程度制限があるんだっけか」

「リアルはもっとでっかいからのう」

ライオン丸さん、たぶんドワーフに合わせて爺口調なんだろうなぁ。

と、金鉱石と防具を交換する予定だったのでライオン丸さんと握手をする。

このゲームでは握手をすることでプレイヤー間の取引やフレンド登録などを行うことができる仕様となっている。というわけで、さっそく交換した。

「で、つけてみましたが」

「似合わんのう」

「似合わないわね」

「ハハハ。ぬかしよる」

頭防具【安全第一ヘルメット】防御力8　（気絶耐性・小）　星3

異界の知識を用いて作られた、頭の守り神。黄色い輝きがニクイ。

「これ、性能的には？」

「ぼちぼちじゃな。防御力は低めじゃが、気絶耐性がかなり有効。小でもあるだけで随分と助かるんじゃよ。もっとも、俊敏型はそもそも攻撃を喰らわない立ち回り故あまり意味はないかもしれんがのう」

「だよなぁ……」

「それでも装備するのね」

「当然」

「なんなのよその一体感。っていうかライオン丸さんもヘルメット？」

話し合った通り、スレの民でパーティーを組むことになる。スレ民全員は参加していないが、できる限り固まった形にした。

まだ待機時間もそれなりに残っているし、それらしき人たちに挨拶して回るか。あとは事前に

ライオン丸さん曰く染色は別料金。まあ、黄色いほうがらしいからそのままにするが。

「うむ。ワシのは白くした」

1パーティー最大6人。メンバーは僕、髭の鍛冶師、服屋農家、怪盗紳士、永遠の旅人、エルフの錬金術師である。僕らと話しているけど、魔女さんは別パーティーでの参加となっている。

…………大丈夫か？　この面子。

「やべぇ、今から不安になってきた」

「明らかに戦闘職じゃない連中で組まされた感があるんじゃが」

ライオン丸さんも苦い顔をしていらっしゃる。

「探偵か釣り人がいたらそいつらのどっちかと錬金術師を入れ替えていたかもしれないわね」

魔女さんが自分には関係ないとばかりに無責任なことを言う。

「なんと恐ろしいことを」

「こんな恐ろしいところには居れん。行くぞ炭鉱夫」

「おうよ、鍛冶屋のじっちゃん」

「なんで初めて会ったのにそんなに息ピッタリなの……」

以前から会話していたからでは？

とりあえず、僕のほかにもう一人目立っている男がいたのでそちらに向かった。
浅黒い巨体に上等なスーツ（後々調べたら、燕尾服だった）、シルクハット……そしてマント。
うん、わかりやすい。というか種族オーガだったのか。角が生えているし、髪色は赤色。ただ本来なら赤いはずの肌が白色になっている。まあ僕みたいに染色したんだろう。
「えっと、怪盗紳士さんですよね」
「炭鉱夫さん、初めましてですね。俺は怪盗紳士『イチゴ大福』です」
「魔女さんもだけど、そちらもなかなかパンチのあるプレイヤー名ですね」
「というか何故にオーガでその名前にしたのか小一時間問い詰めたいんじゃが」
そのセリフに苦笑しながらそちらは鍛冶師さんですねと、二人が挨拶を交わすのを眺めつつ他の面子を探す。
それなりに人数がいるから探しづらいが……向こうからは僕らを見つけやすいんだろうな。スレ民なら僕の装備は知っているだろうし、怪盗紳士さん改めイチゴ大福さんも相当目立つ。
ほどなくして、僕らのほうにエルフのプレイヤーが男女それぞれ一人ずつ近寄ってきた。
「あー！　炭鉱夫さんと怪盗さん、それに鍛冶師さんで合っていますか？」
「うん、合っているけどッ——!?」
「なん……じゃと」
男性のほうは問題ない。おそらくエルフの錬金術師さんだろう。隣にいる女性を見ながら、僕たちに気持ちはわかると頷いている。

女性エルフの背丈はかなり小柄だ。元の身長も相当低いんだろう。比較的背が高めになるエルフでここまで小さいとは……だが、年齢はそれなりのはずだ。なにせ、胸部装甲がすさまじい大きさである。非常識というほどではないが…………あまり直視しないほうがいいだろう。ハラスメント行為になって「犯人」にはなりたくない。でも彼女が歩くたびに揺れるので目がいきそうになる。

このゲーム、リアルの体型をベースにして種族ごとに調整が入り、そこからさらに自分で調整できるんだけど……鍛冶師さんの時も驚いたが、彼女の見た目にはさらに驚かされた。どう弄ろうともリアルも大分近い体型のハズだ。マジか……マジかぁ。

「えっと、エルフの錬金術師さんがそちらの男の方、でいいんですよね」

「はい。『めっちゃ色々』と申します」

「…………あんたも変な名前勢だったのか」

スレだとまともな返しの多いエルフの錬金術師さん、お前もか。見た目は柔和そうな雰囲気で、眼鏡をかけたこう……事務職だけど実力者みたいな感じである。

そして問題の女性エルフだが、農家さんか旅人さんどっちだ？　それともめっちゃ色々さんの知り合いで別の人だったとか？

「どうもー、服屋農家の『ディントン』ですー」

農家さんだったか……それと、名前案外普通だった。いや、言葉の意味は分からないけど少なくとも他の連中よりは普通だ。僕も人のこと言えないけど。

「それにしても……ふへへ、水着にマフラー。いいものですねー」
「やべぇ、背筋が凍るんだが」
「うらやましいような、うらやましくないような」
これは明らかにラブでコメディーな視線とは違うよ。たとえるなら、ごちそうを目の前にした獣の眼だよ。そういえばこの人も安価の時に水着を推していたな。
今だってよだれを垂らしそうな顔しているし、ここは変態の多いインターネッツなのか？
「と、とにかく残りは永遠の旅人さんだけですね」
「うーむ、それっぽいのはおらんが……」
「永遠の旅人なんて言っている人ですし、それっぽい人なのでは？」
「となると初期装備ですかね？　でも初期装備はいませんよね。旅人のままですしレベルは高そうですが……そもそもイベントに初期装備で来るような人はいませんよね」
「話しぶりからして結構強そうだし……最前線級だと仮定するとレベルいくつだろう？」
「40ぐらいでしょうかー？　さすがに廃人クラスですがー」
と、そこで背後から声がかかった。声色が高く、最初は頭に入ってこなかったが。なんというか、可愛らしい声と言えばいいのか？　そのせいか彼女がそうだとはわからなかった。
「ハズレー。さすがのオレもそこまではいかないよ。弱いスキルばかりだから精々30なんだよね。さすがにこれ以上は旅人のままだとキツイキツイ。まあ、このまま続けるけど」
唐突に後ろから声をかけられる。振り向くと、とてもきれいな女性がいた。

「えっと…………どちら様で？」

「やだなぁ。永遠の旅人、プレイヤーネームは『ニー子』だよ。よろしくね、皆さん」

「あのぉ、私が言うのもなんですがー、いろいろ反則じゃないですかねー？」

「んふふー、何のことかなぁ――――うぉっ!?　おっぱいデカッ!?」

堂々とディントンさんの胸に驚くニー子さん。ハッキリ言っているあたりハラスメントじゃないのとも思わなくないが、同性だと多少緩くなるんだろう。

この際、永遠の旅人とか言っているニー子さんが女性なのは置いておくとしよう。問題はその見た目だ。ひらひらとした装飾が多く、それでいて派手過ぎない――いかにも深窓の令嬢といった感じの外見なのだ。童貞を殺す服と言えばいいのか？　それに黒いストレートヘアーと整った顔立ちがさらにその雰囲気を強調している。

BFO（ぶふぉ）はトゥーンレンダリングな上に少しデフォルメっぽい感じで描写されているのに、とても整った顔立ち……リアルも相当整っているんじゃないだろうか。

「それでオレとか言っちゃうのどうかと思う」

「これはオレのスタイルなの。このギャップがたまらないでしょ？」

「わからんなぁ…………」

「このイロモノ集団に囲まれるの、後悔してきたんですが」

「めっちゃ色々さん…………名前がそれの時点でアンタもこっち側だよ」

「ですよねー」

「あと、スゲェ呼びづらいから今後職業で呼び合いません？　少なくとも今回のレイドについては」

「「「「異議なし」」」」

そんな感じで駄弁っていると、上空にデジタル時計の表示が現れた。残り5分でレイドボス戦の開始である。

いよいよ、僕らの最初のイベント戦が始まろうとしていた。

@@@

どうして、こうなったのだろうか。

「のぉおおおおおお!?」

目の前に空気の塊が着弾する。轟音(ごうおん)と共に地面をまき散らし、プレイヤーたちを吹き飛ばしていった。ある者は踏みつぶされ、またある者は咆哮(ほうこう)で吹き飛ばされ壁に激突。あるサムライはぱくりとおいしくいただかれた――と思ったら吐き出された。どうやら不味(まず)かったらしい。

奴――ベヒーモスは雄たけびを上げて、筋肉を膨張させる。

「だから言ったじゃん！　命を大事にって！」

「ごーざーるー!?」

前のほうでは、まさに阿鼻叫喚といった感じで他のみんなが蹂躙されていた。

「死亡時のキラキラしたエフェクトがまるで花びらだな」

「呑気なこと言っとる場合かのう…………後方の魔法職にタゲ[※51]が移りおったぞ」

「ヤベっ、僕はとりあえず走って反対側に行って引き付ける、みんなは蘇生班の援護をお願い！」

「オレも行きますね。気を引くぐらいはできるよ」

僕と旅人さんでベヒーモスの注意を引きつつ前進する。僕がスコップを構えて、泥の弾でベヒーモスを攻撃するが……コイツどんだけＨＰあるんだ。

旅人さんは鞭で奴の顔を叩くことでヘイトを稼いでいる。威力的に僕のほうがヘイト値多いんだろうなぁ……奴の視線がだんだんと僕に向いてきた。

とにかく、みんなの蘇生の時間を稼がないといけない。

本当にどうしてこうなったのだろうか。そんなことを考えているからか、頭の片隅でベヒーモス戦が始まってからの光景が走馬灯のように――

@@@

最初は楽しみましょうって空気だったんだ。

パーティーも役割とか特に決めずにワイワイした感じで、適当に遊びましょう。そんなぬるい

【※51】タゲ。ターゲット。モンスターが狙っている相手

空気は許さねぇとばかりに奴は現れた。
今回のフィールドであるコロッセオだが、かなりの広さを誇り数十人のプレイヤーが余裕で動き回れるほどだ。イベントフィールドは大陸の北西に存在する大きな島【ウンエー国】。ゲーム内の設定上、中立国とか言われているらしい。なお、実際は運営がテストプレイなどに使っているエリアで、通常プレイヤーは入ることができない。名前も明らかに運営からとってつけている、っていうかそのまんまやんけ。
そして、この島はイベント時にこうやって開放することがあるようだ。
普段は入れないエリアに入れたことや、普段は顔を合わせないプレイヤーが集まることで生まれた特有のイベント感がいけなかったのだろう。
レイドボス戦開始と同時に現れたベヒーモスだが……とにかく巨体だった。
しかもかなり俊敏に動き回る上に、やたらと高い攻撃力。よくよく考えたら、どんな職業でも戦えるように調整した能力って……どんな職業であっても倒しに来るってことだよね。
結構な人数が参加しているからその分能力も強化されているだろうし。

そんなわけで、阿鼻叫喚と化している中結構なプレイヤーがやられたのである。今回、デスペナはない。また、リスポーンからの復活は2回まで。
このゲームの仕様上、やられても魂の状態で3分間はその場に残れるので蘇生してもらうか、自分で蘇生アイテムを用意しておいたのならその限りではないのだが。

ただまあ、蹂躙されると精神的にクルものがあるわけで……

@@@

すっかりパーティーの意味がない状態に陥って15分ほどが経った。だって、蘇生スキル持ちはとにかく蘇生することに注力して、あとは近距離と遠距離で分かれてひたすらタゲをとったほうがやられたらタゲ交代している間に蘇生、やられたら交代してその間に蘇生を繰り返す状態になったのである。

「諦めるのは早いでござるよ！」

「無理じゃね？」

この状況どうしろと？　そんな感じで隣にいたサムライに話しかけた。

「炭鉱夫殿は薄情でござるな」

「強すぎて完全にゾンビアタックになっているし、なんかもうみんな心折れているし」

「でもどこかに勝機はあるはずでござるよ」

「そう言うならさっさとその刀で斬りかかりに行けよ……下級魔法撃ち込んで銃撃戦モドキしている僕の隣にいないでさ」

「こ、これは隙を窺っているだけでござる」

「口ではなんとでも言えるんだよなぁ」

このサムライ、一度食われたから完全に及び腰になっているのかさっきから足が震えてやがる。オーガでガタイが良いのにこれではもはやギャグでしかない。

確かにパクリとやられるのは恐怖でしかないが……ゲームなんだからもうちょっと気楽にいけないのか？

「炭鉱夫殿ぐらいでござるよ、そんな達観して動けるのは！　長期間洞窟の中でソロプレイできる人と一緒にしてはいけないのでござるよ!?」

「そうか？　尻尾を斬りつけまくっている女騎士もかなりガンガン行っているけど」

「あれも例外でござる！　アレで最前線級のプレイヤーでござるよ!?」

結構言いやがるな、こいつ。

さすがにこのままってわけにもいかないし、奥義を決めることができればかなりのダメージを与えられるかもしれない。今日までに何度か奥義を使って検証したのだが組み合わせるスキル次第ではあるものの、防御力貫通ダメージ[※52]を与えることができるということに気が付いたのだ。

問題は、それを行う隙がないこととＭＰをかなり使うので失敗したらヤバいということ。現状、１回使えば再使用にそれなりに時間がかかる。ＭＰポーションだって限られているのだ。回復速度とクールタイム[※53]とかあるし。

「というわけで、こいつでいこう。錬金術師さーん！　火炎瓶お願いしまーす！」

「えっ!?　蘇生作業で忙しいのに——ああもう！　近くのプレイヤーは逃げてくださいね！」

錬金術師さんが火炎瓶を投げ、僕がとあるアイテムを投げつけた。

【※52】防御力貫通ダメージ。防御力を無視して与えられるダメージ
【※53】クールタイム。スキルなど、再使用までの時間のこと

まず火炎瓶がベヒーモスの体にぶつかり、延焼ダメージを発生させる。そして、僕の投げた瓶がぶつかり——爆発した。延焼中に爆破攻撃を行うと追加ダメージと延焼時間延長が発生するのだ。まあ、微々たるものだがやらない手はない。

「自家製爆撃瓶！　もってけドロボー！」

「どんだけ爆発物用意したんでござるか」

「幸い爆弾岩（モンスターばくだん岩のドロップ品）と、火薬は腐るほどあるんだ。倒せれば黒字だッ」

「元手はタダでござろう、それ。時間ぐらいしかつぎ込んでいないだろうに……」

「なるほど爆発物か、よし虎の子のボウガンを使う。狙撃系スキル持っている奴がいたら手伝ってくれ」

「鍛冶師殿まで血迷ったでござるか⁉」

「うるせぇ！　ここまで来たら倒さなきゃ帰れねぇんだよ！　死にまくっているせいでみんなポーションやら蘇生アイテム使いまくってんだ！　ワシらもなぁ……本当は楽しく遊びたかったんだ、だが運営は最初のイベントをプレイヤーを蹂躙してニコニコ笑っていやがるんだ。だったら、ワシらもそれにならって蹂躙してやるんだよッ」

「ヒャッハー！」

「剣と魔法の世界のはずが、なんで世紀末になっているのでござるか……魔女殿もなんで悪ノリして杖で火炎放射器のまねごとを」

あまりにもな空気のせいで、みんなのテンションが変な方向にいってしまったらしい。
シルクハットの変態はトランプを片方の角に一点集中させて投げつけることで切ろうとしているし、農家さんはクワでベヒーモスの踵をひたすら回転斬りみたいに攻撃している。旅人さんは顎をひたすら鞭で叩いていた——あ、吹っ飛ばされた。
「あちゃぁ……タゲが完全にこっちに移ったわ」
「そういえば不思議でござったのだが、なんで炭鉱夫殿は一人でタゲとれるのでござるか？」
「このスコップ星５だから、他の人より段違いに攻撃力高いんだよ。レア度が性能に直接関係あるかは置いておくけど、良い性能だと自負しているよ」
ギルド内設備だとスコップとピッケルだけしか整備、改造できなかったけど……素材はたくさん手に入ったし、マーケットでいろいろ買えたからね。素材を手に入れてもツテがなかったから他の装備までは用意しきれなかったが…………火力だけなら現行トップクラスになったのだ。
本当は性能強化もしたかったが、さすがにあそこの設備じゃ無理だった。＋をつけたかったんだけどなぁ……改造で上位の装備にできただけ良かったけど。
「というわけで、限度はあるけど他のみんなより火力出ているせいでタゲを一人でとれるんだ。あと、僕は俊敏特化型装備…………わかるな？　奴が飛びかかってきたら、僕は走って逃げられる」
「そして、某（それがし）は取り残されるというわけでござるか。あっはっは…………うわぁあああでござるぅうううううう!?」

よ、よぐそと殿おおおお⁉　という可愛らしい声をバックにサムライはキラキラとしたポリゴンになった。そっか、よぐそとって名前なのか。あと彼を呼んだプレイヤー……真っ赤なくノ一装束。うん、明らかにくノ一さんだな。

僕にタゲが向いている間に人の少ない方向へ走り、他の人のリカバリーを狙う。幸い、僕はまだリスポーンしていない。このまま移動しながら奴の顔を集中的に泥球で攻撃していればいいのだが……

「HPバー全然減らない」

狙撃スキル持ちや、魔法攻撃できる面々が奴の背後から攻撃はしているし、結構なダメージ入っていてもいいだろうに……唯一、爆発物によるダメージだけが明確にHPを削っていたが。

やはり防御力貫通攻撃だな。もしくはどこかに弱点があるんだろうが、ノーヒントに近いからどうすればいいのかわかんない。貫通攻撃なら手がないこともないが……

「――――背中ッ、背中が弱点だぞおおお！」

そんな時だった、いつの間にかベヒーモスの背中に登っていた誰かの声が上がったのは。

緑色に、全身に小さいポケットがたくさんついた格好をした男性プレイヤーが必死にベヒーモスの背中に張り付き、ナイフで何かを刺していた。同時に、ベヒーモスのHPが減っていく。明らかに、ナイフで減ったとは思えない量の減り方で。

「背中のコブが弱点だぁああ⁉」

ベヒーモスが咆哮を上げ、男性は吹き飛ばされ…………なんか、上空の見えない壁にぶつかってポリゴンが爆ぜた。落下ダメージ的なのが発生したらしい。っていうかあそこじゃ誰も助けに行けないし、自分で蘇生しても落下ダメージで死にそうだな。

「しまらないなぁ……」

「ですねー」

いつの間にか隣に来ていた農家さん（おそらくは咆哮の時に逃げてきた）と共になんだかなぁという感じで空に浮かぶ魂を眺める。いや、そんな場合じゃないんだけど。

だがまあ弱点が分かったならあとはそこを目指せば……

「背中？」

「アレを登れってことですよねー」

今も目の前には背中の弱点を目指してチャレンジする面々が見えるが……そう簡単にいくはずもなく、ベヒーモスが体をコマのように回転させ、吹き飛ばしていた。というか、やっぱりバランス調整[※54]間違えているだろコイツ。

運営への文句もそこそこに、スコップをドリルに変化させ狙いを定める。

「それって、奥義スキルってやつですよねー。私知っていますよー」

「ダメで元々、曲芸じみた使い方だし実用性は正直皆無だと思っていたけど――練習しておいてよかった僕の必殺技！」

「あ、自分の世界に入ってますねコレ。自分でリクエストしておいてアレですけど、どうしてもシリアスにならない見た目ですよねー……あ、ダメ。目が奪われちゃうのー」

【※54】バランス調整。オンラインゲームはサービスが続くと、新要素の兼ね合いなどでスキルや武器などの攻撃力や効果が変わる、といったことがほぼ間違いなくある

「世のため人のため、奴を倒せと輝くこの力！」
「男の子ですねー………これ、明日になったら恥ずかしくて悶えるやつですよー」
「このドリルの輝きを恐れぬのなら――かかって来いやぁ！」
「みんな通る道ですー」
うんうんと農家さんが頷いているが、今の僕には気にならなかった。
ドリルを発動させたまま、スコップを軽く浮かせて手を離す。奥義スキルを使っていると、若干スコップの落下速度が遅くなるのだ。
「――え⁉」
「必殺――『ドリルキャノン』！」
あらかじめ、スキルの組み合わせとして登録しておいたキーワード――奥義スキルに限らず、言葉をショートカットキーのように使える――を言い放ち、必殺技を解き放った。スコップ奥義スキルと、ナックルの攻撃スキル『メガトンパンチ』の組み合わせ。
ドリル化したスコップを拳の力で撃ち出す、必殺砲撃。それがこのドリルキャノンだ。
『ガアアアアアアアアアッ』
さすがに奴の体を貫くまではいかなかったが防御力を無視した大ダメージが入る。それによって奴がひるみ、体勢を崩した。
「やりましたっ！　すごいじゃないですか炭鉱夫さん！　っていうか、別武器との組み合わせもできるんですねー」

「ふふふ、見たかこの一撃…………」

「これならアイツをあっという間に倒せますよー」

「…………だといいんだけどなぁ」

「……え？」

「欠点として、まずMPを滅茶苦茶使うからすぐに再使用できない。あと、スコップを飛ばすせいで回収する必要がある。ある程度離れると自動的に戻るんだけど……ダメだったか。それに狙撃スキルや投擲（とうてき）スキルなどを持っていたとしても、無理やり殴り飛ばしている都合上絶対にそれ系の補正入らないから。しかもこれ、成功率が低いからいわゆるロマン砲なんだよ」

実は成功率1割だった。むしろ何度も練習してようやく1割に届いた。いやぁ、ノリって大事だね。ダメで元々とはまさにその通り。まさか成功するとは……おかげで倒せそうじゃないか。

なお、言い忘れていたがベヒーモス戦の時間制限は1時間。全員のリスポーン回数がなくなった時点でも終了である。残り30分くらいだろうか？　時計見ていないからどのくらいかわからない。と、そこで奴が僕を睨みつけているのが目に入った。

「あー、大ダメージ与えたから完全にタゲが僕に移ったね」

「……はっ!?　逃げなきゃ――」

「もう遅いかなー」

「きゃあああああ!?」

直後、ダウンから回復したベヒーモスによって僕たちはパクリとおいしくいただかれたのである。

「私、とばっちりなんですけどー!?」

「まあまあ、一瞬でＨＰ０になるのってなかなか体験できない貴重な経験だよ」

「できればしたくありませんでしたけどねー。ああ、体が消えて魂だけにー」

「本当だ。そしてゆっくりとベヒーモスの中へと入っていく……」

「嫌な表現しないでくださいー。そういえば私たちこんな状態ですけど普通に会話できるんですねー?」

「そういえば……魂の状態でも会話ってできるのか」

「どうせ胃袋の中じゃ復活できませんし、さっさとリスポーンしちゃいますー?」

「うーん……いや、このまま胃袋の中を観察するのもありかと」

「えぇー」

ただいま絶賛ベヒーモスの腹の中である。いや、魂の状態でその場――地面に残るかと思ったらどういう判定なのか腹の中に入ったままになったのだ。

よくよく考えれば、あのサムライも食われたあと魂は残らなかったな。

「農家さんは食われた連中の魂がその場に残ったかどうか見ましたか?」

「………そういえば、見てませんねー」

となると、サムライさん含めて他の連中も胃袋の中でとどまっていたのだろう。で、どうにもならないからすぐにリスポーンしたということになるわけだが……。

「つまりどういうことになるんですかねー？」

「胃袋も床とか壁みたいに物理的な判定があるってことになるわけで……」

魂とはいえ、ゲームである以上壁とか地面にぶつかるはずだ。なのに胃袋の中にいるということは、ここで引っかかっているということ。

緑色の格好の人が上に吹き飛ばされて見えない天井にぶつかって死んだように、あくまでもこれはゲームなのだ。現実ではなく、ちゃんとプログラムの上に成り立っている世界だ。

胃袋の中にそういった判定があるのならば、故意にしろ偶然にしろ理由がある。そして故意であろうが偶然であろうが、ここに物理的な判定が存在するならば一つ面白い策を思いついた。

「フハハハハハ」

「うわぁ、悪い笑いしていますー」

「残存アイテムを確認して——よし、いけるな」

「何をするつもりなんですかねー」

「んー、汚ねぇ花火？」

「あっ（察し）」

僕の一言で魔女さんが顔を青くした。

@@@

あたりに爆発音が鳴り響き、ベヒーモスのＨＰが面白いように削れている。
「フハハハハハ！　これぞ俊敏値を活かした必殺殺法、『爆殺ピンポンダッシュ』だ！」
「まず必殺と殺法でかぶっている——いや、爆殺で更に三重にかぶっていることにつっこんでおくわよ」
「なんであんな外道な戦法をとれるのでしょうか？」
錬金術師さんが冷や汗を流しながら僕に対して酷評してくる。
「爆発物オンリーで倒すと経験値が入らなかったバグの恨みぃいいいいいい！」
「まだ根に持っていたのそれ!?」
魔女さん、タイムイズマネーなんですよ。時間は重いんですよ。
またしてもお詫びがガチャチケなうえ、ペットの餌だった僕の悲しみの爆破戦法だ！
奴の口の中に爆弾を放り込んで、離脱してから奴が遠距離攻撃を行わないギリギリのラインで待ち構えて、近づいてきたところに爆弾を再び放り込む作戦よ。
しかも運のいいことに、胃袋も弱点判定らしい。爆発ダメージが予想よりも多い！
「この戦法に死角なし！」
「たとえ死角がなくとも問題だらけよ！　いくら戦線がダメムードでやる気下がっていたからってやっていいことと悪いことがあるのよッ」
「じゃあいい加減攻撃に参加してくれませんかね!?　円の動きで周りに被害が及ばないようにタゲとり続けている身にもなってくださいよッ！　紙装甲[※55]がやる仕事じゃないんですよ！　こっち

【※55】紙装甲。防御力がすごく低いという意味。まるで紙のよう

からも見えてんですからね――そこのサムライとくノ一とかッ！　なんで座り込んで談笑してんだよ！」
「そうは言っても某、もう2回リスポーンしたでござるよ」
「拙者も、食べられるのはちょっと……」
「さすがに食べられたら強制リスポーンはなぁ」
　別に食べられたからって強制リスポーンするわけではないが。まあ、復活してもすぐ死ぬから意味ないのは確かだけど。
「わ、私は加勢するぞ！」
「泥団子投げ飛ばすぐらいしかやることないですけど、私もー」
　女騎士さんと農家さんは加勢してくれるが、かなり焼け石に水である。まあ、ツッコミを入れながらも魔女さんとかは普通に攻撃し続けてくれていたが。
　というか、農家さん……エルフだから魔法攻撃のことだと思ったら本当に泥団子を投げているだけだ。どういうキャラクターの育て方をしているんだ？
「とにかく、そうやってタゲとり続ければゆっくり削れるじゃろ」
「それがそうともいかないんだよねぇ……」
　僕が苦い口調でそう言うと周囲のみんなが「え」と嫌な声を漏らした。
「いやぁ……投擲できる爆発物、もうそろそろ在庫が切れるんだわ。だから、この戦法もう使えないんだけど」

「――――総員、戦闘準備！」

「はいはい、休憩は終わりだからさっさと立ち上がりなさいねー」

慌ただしくみんなが武器を構えて戦闘準備に入る。というかせめて遠距離職はポーズだけでも武器を構えていてほしかった……なんでみんなして僕一人に負担をかけるのか。

というか僕らグダグダすぎでは？

「グダグダなのは今更でしょ！」

「ごもっとも！　でも時間制限あるの忘れないでほしい！」

というわけで、最後に目くらましになるかとダメもとで泥球を連射して離脱する――――ってしまった。距離をとり過ぎた。

「遠距離攻撃来るぞ！」

奴が咆哮をし、巨大な空気の塊が降り注ぐ。さすがにかわしきれなかったようで、僕を含めた近くにいたプレイヤーのＨＰが一気に消し飛んだ。

そのため、タゲが次のプレイヤーに移る。

「――――私かッ」

僕が即死したことでベヒーモスのターゲットは女騎士さんに移った。僕と違って、防御力の高い装備品だ。前線級のレベルだし、少しは持ちこたえるだろう。

次の手を考えないと……ベヒーモスの残りＨＰは３割を切った。残り時間もあと15分くらい……消耗具合から考えても、ギリギリいけるかどうか。

「っと復活！」

「無茶するわね……で、勝算はあるの？」

「うーん……そうだ、怪盗さんこっちに来てくれー！」

大声で呼びかけると、怪盗さんがこちらにやってくる。ベヒーモスのほうはまだ離れているし、こちらまで攻撃は届かないだろう。向こうの人たちにはもうしばらく頑張ってもらおう。

「炭鉱夫さん、いきなり呼びつけて……なにか勝算を？」

「うん。まず確認だけど、怪盗さんは高いところまでジャンプできるんだよね」

「確かにできるが……ただ、三角飛び[※56]スキルやオーガの筋力値で直線ブースト[※57]をかけるスキルなどを併用したものだから、この場所だと使いづらい。こう、開けた場所だと足場がないから」

「筋力値によるブースト[※58]――それで十分だ」

まず、飛距離は稼げそうだ。次にスキル構成――ドリルスキルと組み合わせできるものから、用意しておく。使わないだろうけど取得できるだけのスキルスクロールをかき集めておいて良かった。狭い洞窟内では全然役に立たなかったが、遮蔽物のないここでなら使える。第一、的がでかい。

「あとは念のための……よし、すぐに取り出せるようにした」

「何をするつもりなの？」

「悪あがき」

そう言って、僕はニタリと笑った。

【※56】三角飛びスキル。壁を蹴って上にジャンプするスキル
【※57】直線ブースト。地面を強い力で蹴って、一気に加速する
【※58】ブースト。加速

どうせなら最後に、華々しく散ってやろう。

@@@

できる限り奴の動きを最小限に抑えることが望ましい。ベヒーモスを中央に留めるように誘導してもらい、遠距離職が円状に並んで砲撃を行う。そして、近距離職でひたすら細かくダメージを与えてもらうことで数秒ではあるが、奴の動きを留めることができた。
絶好のタイミングだ。ここを逃すと2回目は難しいかもしれない。
「いくぞ怪盗イチゴ大福さん！」
「なんでそんな名前にしちまったかな俺ッ！」
「それはこの場の大多数の人が思っていることだッ！」
その場のノリって怖いって話。そして、これから行うのもかなりその場のノリ感が強い方法だ。正直普段なら僕もなんでそんなことするんだってツッコミを入れるような方法だ。他の人がやっていたらバカなのかと言うだろう。
地面には打ち合わせ通りの体勢で怪盗さんがスタンバっている。
仰向けで、両手を頭の横について足を縮めて足裏を天に向けていた。
そこに僕が走っていき、ジャンプして怪盗さんの足裏に飛び乗った瞬間——怪盗さんが直線ブーストスキルを発動させ、僕を乗せたまま足をぐっと伸ばした。

「昔じっちゃんに見せてもらった漫画のアレ――名前出てこないけどアレ！」

有名なサッカー漫画の技らしいが、僕は詳しく知らない。ただ、見た目のインパクトがすごかったからなんとなく覚えていた技を拝借した。なんか、スカイラブ!? とか言っている人がいる。どうやらこの技について知っているらしい。

怪盗さんのスキルの力を借りて高く飛び上がった僕は、あらかじめ発動状態にしておいたドリルを構える。そして、先ほどとは別の組み合わせ――ドリル＋斧スキル『兜割（かぶとわり）』。スコップで発動できる攻撃スキルの中には斧のスキルもあるのだが、いかんせん狭い洞窟内では使いづらいものばかりで、この『兜割』もその一つ。

全身のバネを使って跳躍し、相手をたたき割るスキルなのだが……洞窟内だと天井にぶつかるので死にスキルだった（自爆するという意味も込めて）。だが、こんな開けた場所なら関係ないし、ドリルの防御力貫通効果に加えてこのスキルには落下距離分の数値も攻撃力に加算するという特徴がある。さらに狙うのは弱点の背中のコブ！

斧スキルを使っているのでドリルの側面をぶつける動きになってしまう都合上、削り取るといった感じになったがそれでも効果は発揮している。

『いっけぇえええええええええええ!!』

全員の声が、巨大な敵を倒せとまるで咆哮のようにこだました。

だが、さすがに3割近く残っていたＨＰを消し飛ばすまではいかない。

「そんな!?」

「これでもダメなのかよ!?」
「だが残りＨＰは少ない、全員でかかれば――」
動揺と、見えた希望にみんなが動き出した。
ただ……生憎だが、次の一手はもう打ってある。
「悪いけどこれでチェックメイトだッ」
インベントリからすぐに取り出せるようにメニューを出しっぱなしにして準備しておいたブツ――アイテムとしての爆弾岩。モンスターのばくだん岩を倒すと、そこそこの確率でアイテムの爆弾岩を落とすのだが……これがかなりの高威力爆破アイテムなのだ。ただし、インベントリから出すと数秒で爆発するので使い勝手がかなり悪い。基本こいつは火薬を作る時にもとにするアイテムだったりする。爆薬の持てる数にも限界があるからこのままで持ってきていたのだ。
より正確に言うなら同じアイテムを持てる個数に限界があるからだが。
まあ、今回は出せるだけ出して爆弾として使うんですけどね。
「ここまでしたんだ――キルボーナスは渡さねぇぞおおおおおお!?」
『ああああああああああああああああああ!?』
叫んだ連中――やっぱりお前らも狙っていたのか。まあ、そりゃ狙うよね。ゲーマーだし。
そうして、最後は自爆という僕自身の汚い花火で幕を下ろしたのだった。
そしてその後、何とも言えない顔で魂になった僕をみんなが見ているのを確認してから、リスポーンボタンを押した。

いやぁ……リスポーン回数残っていて良かった。こんな終わらせ方したから絶対誰も蘇生しないのわかっていたし。

@@@

「よくもやってくれたわね」
「褒めても何も出ませんよ」
リスポーンしてすぐ、魔女さんにお出迎えされた。
「呆れてんのよこのおバカ」
「まあまあ、おバカなのはスレでわかっていたことじゃろが」
鍛冶師さんが魔女さんを諫めるが……解せぬ。ただ僕は、自分にできる最大の攻撃方法を試しただけなのに。一生懸命頑張ったのに！
「これは炭坑に永久封印するべきでは？」
「でござるなぁ」
「そんなご無体な。僕だってお日様の下を歩きたいんだ」
「ヴァンパイアが何を言っているのか」
別にこのゲームのヴァンパイア日光駄目とかないけど。むしろ吸血もできないからなんちゃってヴァンパイアなんだけど。運営、アップデートよろしく。

「ま、まあとにかく誰一人リタイアが出ることなく終わったのだから良しとしようじゃないか」
「ハァ……」
終わり良ければすべて良し。納得いかねぇムードもそこそこに、クリアできただけ良しとするかという空気になった。女騎士さん、自然とこういうまとめ役するんだな。
「そういえば……キルボーナスは何だったんだ？」
「あーそれがあったか」
基本報酬は金やアイテム類。まあ、これはみんな同じか。中にはレアドロップをした人もいるようであちこちで喜びの声が聞こえる。僕は特にないが。もしかしてこの報酬だと、赤字？　え、キルボーナスあるよね？　この前のバグがあるだけに不安なんだが。
問題の、トドメを刺したことによるキルボーナスだが……よかった。爆発アイテムによるトドメでもしっかり手に入っている。
「えっと……【黒鉄(くろがね)のオーバーオール】？」
「防具か」
「下半身用装備だけど、これも上半身の装備制限付きか」
今度はマフラーが装備できなくなるな。まあ普通のシャツとかが装備可能みたいだし、組み合わせる装備はすぐに用意できるだろう。水着の時よりは制限は緩そうだ。
もっとも、【深紅のマフラー】というまともな名前のわりに上半身裸になる変態装備がおかしいだけなんだろうが。

「たしか、他のキルボーナスをとった人の装備品も黒鉄シリーズだったわね」

「へぇ……筋力値と防御力がかなり上がるうえに、装備の耐久値減少を抑える効果があるのか」

採掘しているとスコップの耐久値がどんどん減っていくからこれは助かる。戦闘にも使うし。

さすがに、バランスブレイカーってほどの性能ではないがこれは便利だ。ドリルも結構耐久値消耗するし。

「やっぱり、職業ごとに合わせた装備なのね。性能はあまり変わらないみたいだけど、見た目は職業に合わせたものが輩出されているそうよ」

「炭鉱夫イメージってことですよね、オーバーオール」

「え、配管工の装備じゃないの……？」

「おれも配管工の装備だと思ってたけど」

周囲から配管工装備じゃないのかという声が聞こえてくる……みんな、考えることは一緒か。

「確かに世界で一番有名な配管工が身に着けているけど、配管工だけが使うわけじゃないでしょうに……」

魔女さんが少しげんなりした顔でつぶやいた。まあ、その通りではあるが。

しかし、職業ごとに変わるのか。忍者やサムライだったらどうなったのか気になるな……あと、怪盗とか。

今後彼らがラストアタックボーナスをとったら教えてもらおう。

と、もう一つ気が付いた。運営からメールが来ている。

「なんで今頃運営からメールが？」
「あれじゃないの？　胃袋の中爆破とか、最後の爆弾岩とかいろいろやったから」
「炭鉱夫さん、アカウント停止になっても忘れないからの」
「縁起でもないこと言わないでください」
さすがに即そういう事態にはならないと思うけど……
「えーっと、なになに……」

『ロポンギー』様へ
「イベントクエスト、ベヒーモスの討伐お疲れさまでした。今回のイベントでは各回を我々もモニタリングさせてもらっており、その中でイベントハイライトとして、これはと思ったプレイヤー様に称号【一発屋】を贈呈させていただいております。また、今後のイベントにおいても同様の審査を行い称号贈呈を行っていく予定です。
なお、イベントの映像などは公式ＰＶなどで使用することもございますので予めご了承くださ
い……」

「…………ぷふっ、一発屋（笑）」
「誰だ今笑った奴はァアアッ」

【理不尽の権化】イベント座談会4【お前ら人間じゃねぇ！】

1.名無しの剣士
このスレは、BFOにおけるイベントについて語り合うスレです
コテハンは付けずに楽しくワイワイ書き込みましょう
次スレは＞900の人がお願いします

前スレ：○○○○○○
運営公式ページ：○○○○○○○○

2.名無しの狩人
スレ立ておつー

3.名無しの武闘家
スレ立ておつです

4.名無しの剣士
いやぁ、イベントお疲れ様でした。ホント、ふざけた難易度だった

5.名無しの盗賊
なんであんなに強くしたんだ運営

6.名無しの忍者
話によると、開発チームがやらかしたらしい

7.名無しの剣士
だとしてもここまで理不尽にならないように舵取りしろよ

8.名無しの騎士
攻略できた人は素直に尊敬するわ
報酬はそこまで旨くなかったらしいが

9.名無しの盗賊
盗賊の先輩が攻略できた組にいたんだけど、大量のお金とアイテム類沢山はみんな手に入って、あとは武器防具などがランダムで手に入る仕様だったって

10.名無しの剣士
へぇ……うらやま死

11.名無しの盗賊
恨めしいのう

12.名無しの魔法使い
開始前：どの職業でも平等に遊べますよ
開始後：どの職業でも平等に潰しますよ

13.名無しの遊び人
あそこで、ハズレを引かなければッ……

14.名無しの騎士
どうやって攻略すればよかったのか参考までに誰か教えてくれ

15.名無しの盗賊
>13.遊び人って……ランダムで威力と効果の変わる魔法を使うネタ職で

どうやって倒すというのか

16.名無しの戦士
人数はどのぐらいがベストだったんだろうな？　参加人数によってHP変わる仕様だったみたいだけど

17.名無しの錬金術師
自分、攻略できたグループだった。今後のためにも攻略法を載せよう

18.名無しの盗賊
おお!?

19.名無しの剣士
待っておりました。お通夜ムードで書き込み少なくなりそうだからうれしい

20.名無しの騎士
憂さ晴らしでモンスター狩りしている人の多いことよ

21.名無しの錬金術師
このスレ、コテハンは付けられないけど、錬金術師あまりいないしわかるよな
まず、背中のコブが弱点だった

22.名無しの盗賊
やっぱそこ弱点なのか

23.名無しの騎士

動画で上がっている分とか見た限り、攻略できた人たちやできそうだった回はそこ狙っていたからなぁ……でもどうやって見つけたんだろう

24.名無しの盗賊

盗賊系の職業ならそういうの見分けるスキルもあるけど、相当近づいたうえでしっかり確認しないとわからないかも

25.名無しの錬金術師

ウチのパーティーにいた盗賊もそう言っていた。
まあそいつはブッ飛ばされて天井判定になっていた空にぶつかって死んだが

26.名無しの戦士

wwwかわいそうなw

27.名無しの狩人

活躍したのになぁ
ちなみに、狩人のスキルでも弱点発見はできる。ただ、動き回り過ぎて狙えなかった
矢ももったいないし

28.名無しの武闘家

じゃあどうやって狙えと

29.名無しの錬金術師

件(くだん)の盗賊は登ってたな。どうやったのかは知らないが

30.名無しの盗賊

三角飛びスキルの応用だと思うけど、オレじゃ無理だな

31.名無しの武闘家

自分の挙動に関するスキルいろいろあるし、そのあたりの組み合わせだってのは何となくわかる

32.名無しの錬金術師

まあ自分もそう思うが、最終的な攻略方法はまた別だった

33.名無しの盗賊

他にやり方あったの？

34.名無しの戦士

大多数は頑張って上に登るか、足止めして弱点攻撃だったな。それでもそこそこ時間かかったから、早い段階で弱点を見つけた上で足止めと攻撃を役割分担しなければいけなかったが

35.名無しの錬金術師

正攻法で攻略した人もいるようで。まあ、普通そうか

自分たちは……まあ、プレイヤーの一人が口の中というか胃袋の中も作り込まれているのに気が付いて、口の中に爆弾を放り込んだ

36.名無しの武闘家

お前炭鉱夫さんのところの組だっただろw

あそこは参考にならないし、他のプレイヤーだったら大赤字になるやつじゃねぇかw

37.名無しの剣士

奥義スキルに関しても１割以下だろ取得者

38.名無しの錬金術師

あ、やっぱり動画見た人いるのか

39.名無しの戦士

運営がイベントハイライトって言って目立ったプレイヤーを中心に編集した動画のことだろ？　掲示板に書き込むような連中なら全員見ているだろw

40.名無しの盗賊

視聴前：どうせプレイヤーを蹂躙（じゅうりん）する運営ツエー動画だろ
視聴後：(　ﾟдﾟ)

41.名無しの剣士

恐ろしいのは、炭鉱夫さん以外にも頭のおかしいプレイヤーがたくさんいたことである

42.名無しの忍者

自分以外にも忍者がいるのは知っていたけど、侍もいるのは知らなかった

43.名無しの盗賊

サムライさんは結構有名だぞ
俺はあのスーツにシルクハットのオーガが何者なのか……なんでトランプで攻撃しているんだ

44.名無しの錬金術師

巷で有名な怪盗さんですね。本人は気さくないい人。炭鉱夫さんを打ち上げた陰の功労者

45.名無しの剣士

あの有名サッカー漫画のアレですねw
自分たちでも再現できないか試したわ

46.名無しの武闘家

ツッコミどころが多すぎる動画ってああいうのを言うんだな
例の掲示板の炭鉱夫さんが変態ルックなのは知っていたけど、他にもおかしい格好のプレイヤー多すぎるだろあの組
有名人も多かったし

47.名無しの戦士

炭鉱夫さん、ロリ巨乳エルフさん、怪盗さん
姫騎士さん、サムライさん、くノ一さん
このあたりか？

48.名無しの盗賊

あと、ニー子もいたな

49.名無しの忍者

あの人、いろいろなところに出没するよなぁ……

50.名無しの狩人

ニー子って？

51.名無しの盗賊
>50.BFOの有名人を語るスレにテンプレが載ってるから見て来るといい
というか全員例のスレの連中じゃないか

52.名無しの錬金術師
まあ元々、あのベヒーモス戦に集まった連中って大部分が例のスレで呼びかけてから知り合いに声をかけつつ集まったメンバーだし

53.名無しの武闘家
錬金術師、薄々そうなんだろうなぁと思っていたけど例のスレの錬金術師だろ

54.名無しの忍者
あそこは精神的に何かが削れそうだから見るの勇気がいるんだよなぁ

55.名無しの剣士
だからって最後なんで自爆なんだ

56.名無しの錬金術師
キルボーナスをもぎ取るためって言っていた

57.名無しの盗賊
俗いw

58.名無しの剣士
特定されるようならコテハン解禁してもいいんじゃないのかな

59.名無しの盗賊

かもなー、匿名で語り合いたいからつけたルールだけど最近意味をなしてないし

【コロッセオに咲く】有名人を語るスレ6【打ち上げ花火】

1.名無しの鍛冶師

このスレはBFO内の有名人について語るスレです
語る人物について、いかに頭のおかしい行動をとっているからといって、
相手も一般プレイヤーであることを念頭に置いた上で、語り合いましょう
また、有名人認定は皆様の協議で決定いたします
いろいろ言いたいことがあるからって彼らに凸らないでください

次スレは＞900の人が立ててください

前スレ：○○○○○○

2.名無しの鍛冶師

殿堂入りメンバー
姫騎士『銀ギー』
最前線のごっつい鎧を着た女性プレイヤー
剣士なのに魔法を連発する。アクの強い連中のまとめ役

旅人『ニー子』
初期職の旅人のままプレイをしている変人その1
すさまじい行動範囲で、あらゆるエリアで目撃情報がある
見た目はお嬢様だが、口調はヤンキーの姉ちゃん
旅人のはずなのにすごく強い

3.名無しの鍛冶師

怪盗

名前は知られていないが、目撃者は多いオーガ族の怪盗
帝国とかそのあたりで夜に空を跳び回っている光景を見られるだろう
大体警備とか衛兵のNPCと追いかけっこをしている
本人は気さくないい人。でも怪盗のまま遊んでいるあたり素質はある

ロリ巨乳エルフ
ハラスメントに抵触する恐れがあるので詳しく書かないが、見たまま
酒の話題についていけるので成人している
なぜ有名なのかは自分でキャラクリ[※59]での体型変更制限について調べるといい

4.名無しの鍛冶師
炭鉱夫さん『ロポンギー』
大量の鉱石類をマーケットに流すのでお世話になった人も多いはず
レア初期位置の炭鉱を引き当てたばっかりに1カ月以上もソロプレイをしている猛者
防具のチョイスがおかしい。他にもいろいろぶっ飛んでいる。変人その2
彼については、彼がメインで書き込んでいるスレを読んでくるといい

ストリートダンサー『松村』
唐突に町中で踊り出す小太りの男
踊りきったら満足して消えるのでそのためだけにログインしているかと思われていた
ダンジョンのボス部屋前で踊っているのを見かけた人もいる
文句なしの変人認定その3

5.名無しの鍛冶師

【※59】キャラクリ。キャラクタークリエイトの略。見た目を自分好みにする行為

三枚目侍『よぐそと』
BFO初の職業サムライ
それだけだと別におかしくはないのだが、わざとやっているんじゃないかというぐらいギャグな死に方をすることで有名

くノ一『桃子』
BFO唯一の女性忍者
ここに書くほどか微妙だが、くノ一装備の見た目のせいで有名
太ももがまぶしい
最近はサムライと一緒にいることが多い

6.名無しの盗賊
スレ立てご苦労

7.名無しの戦士
スレ立てお疲れ様

8.名無しの旅人
お疲れさまです

9.名無しの鍛冶師
やっぱこれ、外部サイトかどこかにテンプレ纏（まと）めようぜ
今後増えるといろいろ面倒だわ

10.名無しの剣士
たしかに

11.名無しの盗賊

まあテンプレでまとめたのは悪質じゃないプレイヤーの中で有名な人たちだけど

12.名無しの騎士

悪質プレイヤーはブラックリストスレのほうだしなぁ
こっちは眺めていて楽しいプレイヤーのまとめスレだから

13.名無しの武闘家

ほとんど例のスレの住人なの笑うわw

14.名無しの盗賊

ほんそれ
松村以外は例のスレにいる人なんだよなぁ

15.名無しの騎士

え、ロリ巨乳ちゃんも例のスレにいるの？

16.名無しの格闘家

ロリ巨乳たんは？

17.名無しの戦士

ロリ巨乳さんも？

18.名無しの盗賊

ロリ巨乳さん大好きだなお前らw
うん、知り合いが炭鉱夫さんのレイドの組にいたんだけど、炭鉱夫スレの

農家がロリ巨乳さんだったって言っていた
公式のイベントハイライト動画を見たら、クワ持っている子がいたわ

19.名無しの戦士
ロリ巨乳さんが例の組にいたのは知っていたが、そうか……あそこに書き込んでいる常連か

20.名無しの盗賊
今となっては妙な人しか書き込んでいないと噂の例のスレ
いろいろアクが強いんだよあそこw

21.名無しの剣士
見ている分には面白いんだけどね……そうか、農家ってことはあの格好リクエストしたのロリ巨乳ちゃんだったか

22.名無しの魔法使い
安価は外していたけどね

23.名無しの戦士
テンプレの連中、松村以外はあの組にいたってのが恐ろしい

24.名無しの剣士
そりゃあの動画みたいにカオスなことになるわw

25.名無しの盾使い
まだ話題になっていないけど、逸材はまだいるんだろうな

26.名無しの盗賊

なんであの連中、あんなに強いのか

27.名無しの剣士

プレイヤースキル[※60]高いからかなぁ

28.名無しの武闘家

怪盗さんや姫騎士さんはプレイヤースキルとレベル
ニー子はレベルが高いのと、なにか特殊なスキルがあるっぽい
炭鉱夫さんは資材ブーストによる装備品とアイテムによるもの
こんな感じかなぁ、聞いた情報と動画を見た限り

29.名無しの盗賊

さすがに爆発物強すぎて弱体化入りそう

30.名無しの剣士

いや、あれだけの爆発物相当時間かけて集めたんだろうし、最後の爆弾岩だって自爆でしか使いようはないんだよ
的が大きいからできた芸当だし、動画のベヒーモスのHPの減り方から逆算している人がいたけど、どうやら腹の中も弱点判定だったみたいだ
弱点以外だとそこそこのダメージだったし

31.名無しの魔法使い

爆発系のアイテムって、いろいろ手間がかかる上に材料費が……コスパは最悪なんだよ

32.名無しの戦士

【※60】プレイヤースキル。プレイヤー個人が持つ操作技術のこと

だからこそ炭鉱夫さんのいる炭鉱を探している人も多いわけだが……

33.名無しの武闘家
本当、アレどこなんだろうな
わかれば素材不足に悩まされることもないのに

34.名無しの盗賊
実はファストトラベルできない地域だったりして

35.名無しの魔法使い
ははは。まっさかー…………やべぇ、あのレア鉱石や宝石の産出量からしてあり得そうだよ
初期位置の難易度の高さの傾向って、プレイヤーの施設数が関係しているみたいだし

36.名無しの格闘家
レア度が高いほど、教会や店なんかが減っていくんだっけか
その代わりレア度の高いアイテムが手に入りやすかったり、レベリング効率が良かったりするみたいだけど

37.名無しの魔法使い
炭鉱夫さんの初期位置で判明しているのは
・レア度最高アイテムがいろいろ手に入る
・敵が初期エリアにしては強い。そのため経験値も多い
・プレイヤー施設がギルドしかない
・エンドコンテンツ武器があっさり手に入る

…………これ、炭鉱から出ても教会近くにないのかもなぁ

38.名無しの剣士

これはしばらくの間、あの人ソロかもな

まあ新規プレイヤーも増えてきているし、そのうち炭鉱スタートの人も現れるかもしれないけど

幕間

デスクでの作業を中断し、少し体をほぐす。ようやくBFOにおける最初のイベントも終了したため面倒な監視作業も終わりだ。

ＢＦＯ運営チームの一人、「松村　タケル」はこの１週間の激務を思い出してげんなりした気持ちになる。いろいろと問題だらけだった、今回のイベントが頭を悩ませていた。

「やっぱバランス調整ミスってますよね、ベヒーモス」

「あら、あなたもそう思う？」

「主任……そう思っていたのなら進言してくださいよ」

「嫌よ面倒だし」

わからなくはないが、余計面倒なことになっているのに気が付かないのだろうかこの上司は。

そう思いつつも、反響としては悪くないほうではあるため声を荒げることもできない。結局のところ、プレイヤー側が面白いと思えばよいのだ。さすがに今後も理不尽な難易度が続くと問題だが、つかみとしては良かったらしい。

報酬をそこまで良いものにしなかったのが効いたみたいだ。

「っていうか新藤さんだって最後のほう変なテンションで仕事していたじゃないですか。俺らに負担かかり過ぎでは？」

「彼の場合、バランスのおかしいベヒーモスにノリノリだったから自業自得よ」
「そうですけどね」
「というわけで、少し仮眠とっても大丈夫よ。あとは新藤君にやらせるから」
上司の言葉に苦笑する。自分で言い出したことだけに新藤は断れないだろう。
最初はもうちょっと日和った内容だったのだ。だがそれでは面白くないと開発チームから待ったがかかった。あくまでも、商売になるようにゲームを開発しなくてはいけない。
だからこそ運営チームも最初のイベントで無茶なバランスにしないつもりで準備を進めていたのだが、最初だからこそインパクトのあるものをと押し切られ、最終的に運営側もその話に乗ったのだ。
その流れに、運営側でノリノリだった奴がいたことも原因の一つだ。
「それじゃあ、お言葉に甘えてちょっと仮眠とってきますね」
「あ、その前に一ついいかしら」
「なんです？　いい加減眠いんですけど」
「いえね…………BBSに、ゲーム内の有名人を語るスレってのがあるんだけど」
「……」
「この、『松村』って――」
「おやすみなさーい」
それはトップシークレットなのだ。半ば公然の事実で、GM業務であるゲーム内の監視やパトロールの最中気晴らしに始めたストリートダンスにハマったとかそういう事実はアレなのだ。
スレ内でもあえてそのあたり触れないようにしているとか、そういうのはないのだ。
とにかく、違うのだ。そんな言い訳になっていない言い訳と共に松村は仮眠をとるのであった。

@@@

ゲーム内、とある喫茶店にてトレンチコートを着て探偵がかぶるような帽子をかぶった男と麦わら帽子に白いシャツを着て短パンをはいている男が会話をしていた。
「イベントハイライトってもう公式ＭＡＤっすよねこれ」
気を抜くと笑いそうになってしまう。予定が合わなかったので炭鉱夫さんのいる組には入れなかったが、本当に惜しいことをしたと思う。
例のスレでたまに書き込んでいる【釣り人】、自称「太公望」――プレイヤーネーム『マンドリル』はゲーム内の喫茶店でメニュー画面からニュースを開き、公式の動画を眺めていた。
「ほとんど彼らの場面なあたり、相当濃い一戦だったのだろうね」
「でも珍しいっすね、『ポポ』さんはこういう場面にこそ参加すると思っていたっすけど」
「吾輩としてもどうするか迷ったが、どうせ彼らは今後も面白い行動をとるよ。自然とね。だったら最初の1回目はオーソドックスなレイド戦をしておくべきだと判断したまでだ」
「なるほど、そういう考えっすか」

俺っちなら面白いこと優先するんだけどなぁーと、マンドリルはつぶやく。
そんな彼を見て、青白い顔をしたヴァンパイア――ポポは顎に手を当て、今後のイベントスケジュールに思いを馳せる。
と、そこで一人の女性プレイヤーが近寄ってきた。服装は着物で、それなりの重量があるのかゆったりとした足取りだ。
「ポポはんにマンドリルはん、お待たせしましたー」
「お久しぶりですね、『ど・ドリア』さん」
「相変わらず、妙な名前つけてるっすよねー」
「お二人には言われたくないんですけどね。こういうゲーム、変に凝った名前より適当なほうが楽しめるんよ?」
「それもそうですね。……ところで、今はどちらですか?」
「ウチの職業ですか?　今は【舞妓】ですね。装備は【芸者】の時と同じなんですけど」
彼女もいつもの掲示板に書き込んでいるメンバーの一人、【舞妓】もしくは【芸者】のど・ドリアだ。掲示板では『はんなり』と名乗っている。
3人は別のゲームでも一緒に遊んでいたことがあり、たまにこうして集まって情報交換をしている。
「いつも思うんっすけど、女性ドワーフってドワーフに見えないっすよね」
「髭もないからね。多少筋肉質になるけど、ウチはあまり気にならないなぁ」

「身長も低めになるから、高身長の女性はドワーフを選ぶ傾向にあるようだが。フェアリーも低身長だが少女趣味と言われるのを気にしているのか、あまり増えていないね」
「相変わらず、どこで情報仕入れてくるんだか……そんなんだから探偵なんて職業になるんすよ」
「吾輩は気に入っているがな」
種族ヴァンパイアも、職業探偵も自分がこのゲームで遊んだ結果だ。あるがままを受け止め楽しんでいるさ、とポポはコーヒーを飲んだ。
「味を感じないのに、なかなかサマになった飲み方するんやね。まあ、ウチらも雰囲気で飲んでいますけど」
「フルダイブ技術もここまで進歩したのに、一切味を感じられないのにはいまだに違和感があるんすよね」
「それは仕方のないことだよ。我々人類の持ち得る技術ではまだ味覚の完全再現などできはしないのだから。味覚というのはそれほどまでに複雑怪奇な代物なのだ。中途半端な代物なら搭載可能かもしれないが、そんなものを搭載するくらいならいっそないほうがいい」
似た理由で、嗅覚もね。ポポはそう付け加えた。
容量の問題や、下手に味覚再現するとのめり込み過ぎてリアルの食事をとらなくなりそうなどという理由もあるかもしれないが、そこは口に出さなかった。
言わんとしていることは分かっているのか、二人ともそれには何も答えず、次の話題へ。

「ウチはクエスト失敗組でしたが、お二人はどうでした？」

「吾輩はギリギリクリアできました。といっても、6日目で情報もあらかた出ていた状態でしたが」

「俺っちは4日目で失敗組だよ。あと一歩のところで時間切れだったのがマジで悔しいぜ」

「やっぱり難易度おかしいんよね……ハァ、炭鉱夫さんたちが羨ましい」

「掲示板も大盛り上がりだったな。まあ、次の日炭鉱夫さんログインしてすぐに落ち[※61]たらしいが」

「相当恥ずかしかっただろうに、ログインボーナスだけ取りに来るとは彼も読めないな」

「ウチだったら数日はログインできないなぁ」

3人の頭の中には、件の炭鉱夫がベヒーモスと戦った翌日のスレッドが浮かんでいた。

【※61】落ちた。ログアウトの意味

345.髭の鍛冶師
フレンド登録したから、炭鉱夫さんがインしたのは分かったのじゃが、すぐに落ちたの巻

346.魔女は奥様
明らかにログインボーナスだけ受け取ってすぐに落ちているわね

347.エルフの錬金術師
やっぱりアレかなぁ

348.服屋農家
アレですよねぇ

349.太公望
アレとは？

350.ワイルドハンター
こっちがわからない話しないでほしいー

351.怪盗紳士
滅茶苦茶恥ずかしい決め台詞言ってから奥義スキル使ったこと？　結局死んだが
トドメ刺したのはいいけど自爆特攻だったこと？　キルボーナス欲しさにやってたけど結局収支マイナスって嘆いていたが
それとも【一発屋】のこと？　運営直々にメール貰って即認定されたアレ

352.魔女は奥様

全部、じゃないかしらねw

353.永遠の旅人
願う事ならば引退しないでほしいw

354.服屋農家
だ、大丈夫じゃないですかねぇ……たぶん

@@@

「まあ結局その次の日は普通にログインしていたわけだが」
「掲示板見た限り、メンタル強いんよねあの人」
「1カ月も炭鉱生活している時点でお察しだけどな」
「掲示板での書き込みを見る限り、できるだけ準備を整えるつもりみたいではあるがな」
ベヒーモス戦で使い切った爆薬類の補充や、用途別に装備を用意していると炭鉱夫は漏らしていた。
炭鉱を出ることができたとして、いきなりレベルが跳ね上がるなど理不尽なことになるかもしれないんだぞ、と彼は叫んでいた。
「そういえば、あの炭鉱の地下に古代文明の遺跡的なのがあるんすよね」
「基本レベル職業レベル共に25を超えても即死するぐらいには強いようだが」
「でも炭鉱夫さんって結構な紙装甲やったよね？」
「黒鉄(くろがね)防具だから、それなりに防御力上がっていなかったか？」
「黒鉄シリーズは手に入れた時の職業に合わせたものが貰えるが、性能に大きな差はないからね——参考までに、これがそのデータだ」
ポポが表示したのは、今自身が身に着けている【黒鉄のトレンチコート】の効果。装備の扱いは上半身用で、下半身の装備に制限がかかる仕様になっている。

防御力と筋力値が上昇し、装備の耐久値減少を抑える効果だ。炭鉱夫が手に入れた【黒鉄のオーバーオール】とは上半身装備か下半身装備の違いぐらいの差だ。

「って、ポポさんがキルボーナスをとったんかい」

「探偵のスキルの一つでね、より詳細なモンスターの情報を見ることができたのだよ」

具体的には、残りHPやどういった攻撃でいくらほどのダメージが発生しているかなど。ごく一部の職業では、敵に詳細なHPや弱点情報がアイコンといった形で現れるなど、いろいろと表示が変わるのだ。

探偵はその最たるものの一つで、弱点を暴くことで戦闘を有利に進められるのが特徴の職業である。

「やっぱり便利だよなぁ」

「反面、攻撃スキルが少ないのがネックだけどね」

「盗賊とかと同じ系統やったよね？」

「ええ、吾輩も最初は大変でしたが慣れると楽しいですよ」

そろそろ他の職業も遊んでみようと思いますが、と彼は付け加えたが。

3人とも珍しい職業で遊んでいるタイプのプレイヤーだが、別にそれ自体にこだわりがあるわけでもない。すぐに変えるつもりはないが、何か興味を引くものがあればすぐに変えるだろう。

もっとも、今の職業が気に入っているのでしばらくは変えそうもないが。

「結局のところ、これはゲーム。好きに遊んでいいんですよ。もちろんモラルの範囲内ですがね」

「それはそうだろうよ……ダメなことやって、〝犯人〟になりたくないしな」

「バグだったのに仕様として実装してしまうなんて、思い切ったことをするんよね、ここの運営も」

「あの流れにはさすがの吾輩も笑ってしまったよ」

ある意味有効な手かもしれないが。

やってはいけないことをして、あんな見た目になってもゲームを遊ぶ可能性が残されているのは温情か、それとも嫌がらせなのか…………

「単に、悪ふざけだろうな」

@@@

「――ふぁっくしゅッ」

「くしゃみで目覚めるって変わった起き方するのね」

「……いや、目が覚めようとしたところで鼻がムズムズしただけですし」

松村は誰か俺の噂話でもしているのかなぁと、眠気の残った顔でデスクに向かう。

「主任、バグの報告とかありましたか？」

「今のところはないから、お詫びのメール作成は大丈夫よ」

「そうですか、それならよかったです」
「そういえば……バグで思い出したけど、なんであの犯人バグを残したの？」
「そりゃ、そのほうが面白いじゃないですか。偶然とはいえ、アレは目からうろこでしたよ」
「…………やっぱり貴方も同じ穴の狢（むじな）なのね」
「？　どういうことですか」
「何でもないわ。ただの戯言（たわごと）よ」
いろいろな意味でね、と主任は付け加えた。
次のイベントも企画が動いている。ベヒーモス戦よりはバグのチェックなどは少なくなるだろうが……人間関係のトラブルはより発生しかねないイベントだ。
「万が一だけど場合によっては企画倒れになるかもしれないし、しっかり話し合っていくわよ」
「俺本当はゲーム内の巡回とかが担当なんですけどねぇ……なんでイベントも兼任なんだか」
松村はぼやきながら仕方がないかと、ＰＣを起動した。
開くのはイベント企画書。とはいっても、これに関して開催はほとんど決まっており、ゲーム内における警備についてなど運営スタッフの動きを決めるための資料のつもりで開いただけだが。
「面倒なんだけどなぁ、ＰＶＰ[※62]イベント……個人的には企画倒れだったほうがありがたいよ」

【※62】PVP。プレイヤー対プレイヤーのこと

第二章　桃色との出会い

炭鉱の中も未踏破エリアは残り少なくなってきた今日この頃。

イベントが終わり、１週間の時が経過した。結局、収支はマイナスでしかないある意味敗北な結果ではあったが、なんだかんだ楽しかったので良しとしよう――イベント翌日の恥ずかしくて悶えてログインだけしてログアウトした日はなかったことにした――そんな気持ちで再び炭鉱からの脱出ルートを探す僕であったが、残りのエリアからしてあとは下のほうの古代遺跡的なエリアのみが未踏破のように見えるのだ。

「マップもちゃんと自分で踏破しないと詳細不明状態になるからなぁ……」

このゲームにおける仕様として、洞窟やダンジョン内ではその場所専用の内部構造を表示するマップになるのだ。ただし、自分で踏破してマッピングしないと詳細がわからないのだが。古代遺跡エリアは特殊な判定が入っているのか真っ黒でよりわかりにくいし。

おまけにこれらの場所ではワールドマップは開けない。なので、僕が今大陸のどのあたりにいるのか不明なのだ……本当、外に出ないといろいろと進められそうにない。

「マジでどうするかなぁ……古代遺跡だと敵が強すぎるし」

今まで踏破したエリアからして、古代遺跡だけが未踏破に見えるが…………いや、さすがにそれは違うか。せめて【きらりんピッケル】を装備できれば強力な魔法で遠距離攻撃しながら進めるのだが、アレ装備できないの前提みたいなところあるからなぁ……
古代遺跡は床や壁がところどころ光っているので、あそこが一番視界的に楽なんだけど……それ以外が段違いに危険なのである。
あとはやっぱり、どこかを掘り進める必要があるのかもしれない。
「黒鉄装備で筋力値も上がっているし、多少硬くてもそれっぽい場所があれば――あ」
と、そこで一つ重大なミスを犯していたことに気が付いた。
黒鉄装備、ボスのキルボーナス。そう、ボスモンスターには最後の一撃を与えたプレイヤーにのみドロップするアイテムがある。一種のご褒美で、ちょっとしたおまけレベルのものが多いのだそうだが、それで一つ思い出したことがあった。
……………僕のナックルも、キルボーナスやん。
奥義習得で意識がそっちに持っていかれた上、ベヒーモス戦のための準備に心奪われてすっかり頭から抜け落ちていたが………………
「ボス部屋ってことはそこから先に進めばいいんじゃねぇか!?」

【炭鉱からの】誰か見守っていてください【脱出】

1.黒い炭鉱夫

というわけで、すっかり忘れていたボス部屋の先へ出発したオイラである
心機一転ということでスレタイを変えてみる。また変えるかもだけど

2.ワイルドハンター

まってましたw

3.サムライブルー

ボス部屋を忘れるなでござるw

4.魔女は奥様

そういえば倒していたわねw
もっと早く気が付けばよかったのに

5.女騎士

普通もっとよく調べると思うんだが

6.黒い炭鉱夫

奥義習得も同時だったし、そっちに気をとられていた
あとイベント準備ですっかり忘れていた

7.エルフの錬金術師

そういえばそんな感じだったか

8.永遠の旅人

だからってw　でもまあ、めでたいことだw

9.髭の鍛冶師

すでに合流準備はできておるぞ
外に出たらまずマップ！

10.黒い炭鉱夫

すでにマップは開きっぱなしで進んでいる
装備やアイテムもできる限り持った。さすがに家具類とかデカいのはギルドの自室に置いたままだけど

11.服屋農家

炭鉱夫さんいつの間にプレイヤーホーム[※63]を……

12.魔女は奥様

プレイヤーホームは結構前からよね

13.黒い炭鉱夫

メンテが入ってホーム機能拡張されてすぐ
ギルドを自分で修繕したら一室をホームに設定できるようになった
元々リスポーン位置に設定できたけど

14.髭の鍛冶師

生産系はギルドに自室を作れるぞ？
炭鉱夫さんみたいに修繕だったり、ワシみたいにクエスト進めたりと条件はいろいろだが

【※63】プレイヤーホーム。ゲーム内に所有できるプレイヤーの自室、もしくは家

15.エルフの錬金術師
むしろ素材があふれるから作らないといろいろ大変ですよ
製作場所としても使えますし

16.太公望
むしろ、今まで作らずにプレイしていたのだろうか

17.服屋農家
ホントだ…………ギルドでいろいろ確認したら作れそうだった
メイン職業の【仕立て屋】のためにいろいろ奔走していたから気が付かなかった

18.女騎士
前から気になっていたが、本職はそっちか

19.魔女は奥様
農家さんで浸透していたからそっちがメインかと

20.黒い炭鉱夫
同じく

21.服屋農家
メインは【仕立て屋】。ただ、人前では使ってなかったし、戦闘の時も【農家】のほうが強いからそっちにしていたら周りにはそっちで定着した
面倒だったから訂正していなかったけど

22.黒い炭鉱夫

他人事じゃないプレイヤー、結構いそう
というか僕もジョブチェンジしたところでどうせ炭鉱夫さんとしか呼ばれねぇんだろうな
それこそよほど特殊な職業にでもならない限りは

23.女騎士
私もメインは【魔法剣士】だから、剣一本と思われるの辛い

24.怪盗紳士
ジョブチェンジできるだけマシだろうがッ！

25.黒い炭鉱夫
なんか、スマン

26.女騎士
すいませんでした

27.服屋農家
ごめんなさい

28.永遠の旅人
何この流れw

29.エルフの錬金術師
というか、炭鉱夫さんはここに書き込んでいる余裕あるのでしょうか？

30.サムライブルー

いまどういう状況でござるか？

31.黒い炭鉱夫
今、ボス部屋まで全力ダッシュ中
マップを見ると、【忘れられた炭鉱】に変化している
ボス倒していたくせに、このあたりがダンジョン扱いなの今気が付いたw

32.髭の鍛冶師
なんでもっと早くに見なかったw

33.サムライブルー
いろいろもったいないでござる

34.魔女は奥様
もっと早くに脱出できただろうに

35.女騎士
やはり確認作業は大事だな

36.黒い炭鉱夫
(´・ω・`)

37.永遠の旅人
顔だけヤメレw

38.くノ一
滅多打ちでござるw

39.怪盗紳士
ま、まあ……出てきたら出所祝いしてやるから

40.服屋農家
記念撮影しましょう。近場までファストトラベルする用意しておきますね

41.黒い炭鉱夫
>39.犯罪者にしないでいただきたい

もうそろそろボス部屋。ボスが復活しているかもしれないし、ちょっと書き込み中断する

42.女騎士
もうすぐ脱出か

43.永遠の旅人
脱出できるとは限らないけどねw

44.髭の錬金術師
さすがにそんなことはないと思うが

45.魔女は奥様
どうだろう？　ボス部屋があったとして、その先は果たして通常エリアなのか

46.エルフの錬金術師
ボス部屋から侵入していた説

47.服屋農家
ボス部屋があったからといって、その先がないとは限らないのです

48.サムライブルー
辛辣(しんらつ)でござるな

49.魔女は奥様
個人的には、炭鉱がスタートエリアだったし中から出る分にはレベルが低めで、外から入るにはレア鉱石が出るエリアに通じる分高レベルダンジョンになっている説を推すわ

50.黒い炭鉱夫
チクショウ！　ボス部屋の先もまたダンジョンだった！
しかも中よりもレベル高いッ！

51.永遠の旅人
あ、やっぱりw

52.魔女は奥様
だと思ったw
中間地点にボス部屋があって、外側から入るルートは高レベル、炭坑内からは低めなのね

53.髭の錬金術師
なるほど、気軽に出入りできたらバランス崩壊待ったなしじゃからな
内側は初心者エリア（ただし古代遺跡テメーはダメだ）
外側は中級～上級者エリアか。まあ、初心者用からつながっているなら中

級じゃろうが

54.服屋農家
その後、炭鉱夫さんの姿を見たものはいない

55.黒い炭鉱夫
縁起でもないこと言うなッ
ここで死に戻ってアイテム落とすのは嫌じゃ……経験値減るのも嫌じゃ

56.女騎士
よく書き込みながら戦えるね

57.サムライブルー
どうやっているのでござるか……音声入力とか？

58.黒い炭鉱夫
音声入力正解
MPポーション飲みながらドリルを発動させたスコップで斬り捨て御免
出てくる敵は基本鉱石系だから、炭鉱夫の職業効果でダメージが増加しているおかげでほぼ一撃で倒せる。ただし、こっちも紙装甲だから一撃でも貰えばヤバい
MPポーションを使い切ってでも脱出してやる……

59.くノ一
またアイテム大量消費プレイでござるかw
というか音声入力でも長文スグに打てるのスゴイでござるな

60.サムライブルー

ベヒーモスの時と同じようなことしているでござるなw

61.魔女は奥様

そこまでする？

62.黒い炭鉱夫

いい加減せまっ苦しい空間にいるのはいやなんじゃあああああ！

63.エルフの錬金術師

ごもっともでw

64.髭の鍛冶師

イベントで外に出たのが、より強い渇望となったか
一度上げた水準はなかなか戻せない

65.黒い炭鉱夫

うおおおおおおおおおおおおおお!?

66.魔女は奥様

ん？　どうかした？

67.女騎士

どうしたのだ？

68.ワイルドハンター

突然どうしたのですかー？

69.髭の鍛冶師
何か不穏な気配が？

70.黒い炭鉱夫
見えた！　光が見えたのだッ！　あとは突き進むだー

71.魔女は奥様
ようやくw　興奮し過ぎておかしな語尾にw

72.髭の鍛冶師
ようやく報われる……ってのもおかしな話じゃが
これでこの相談スレも終わりか

73.エルフの錬金術師
寂しくなりますね

74.名探偵
さて、どうなるだろうね

75.服屋農家
唐突に現れては意味深なこと言いますよね、探偵さん

76.名探偵
私が入手した情報を書き込もうと、炭鉱夫さんのスレを探していたらまぁ……タイムリーな話だったわけだが、とりあえずタイミングのいいところで書き込むとしよう

77.髭の鍛冶師
うーん、回りくどい

78.永遠の旅人
いいから書けばいいのに

79.怪盗紳士
話すタイミング無くさないか？

80.名探偵
大丈夫だ。一番面白いタイミングで話す

81.魔女は奥様
ヒドイ言い草w

82.黒い炭鉱夫
脱出ッ！
ついに、ついに外に出られたッ！

83.髭の鍛冶師
おめでとう

84.女騎士
おめでとう

85.名探偵
おめでとう

86.ワイルドハンター
おめでとう

～略～

235.名無しの炭鉱夫
おめでとうございます！

236.黒い炭鉱夫
ありがとう。そしてROM専だった人たちまで一気に書き込み過ぎだろw
ものすごい人数見ていたんだなここ……

237.名無しの旅人
おめでとうです

238.魔女は奥様
そろそろ本題に進みましょうよ

239.黒い炭鉱夫
それもそうか。個人的にはちらほら【炭鉱夫】がいることについて聞きたいが、さすがに１カ月も経てば出てくるか
とりあえず書き込みが落ち着くまで周りをぐるっと探索したり、マップの確認をしていたんだが…………更なる問題発生

240.永遠の旅人
やっぱまだなんかあるのかw

241.黒い炭鉱夫

なんか、ワールドマップの右上のほうに現在地のアイコンがあるんだけど

242.髭の鍛冶師

右上っていうとドワーフの工業都市か？

243.魔女は奥様

右上……北東か。ほとんど海よね。
あとは島がちらほらと。結構大きな島があるけど、そこ？

244.女騎士

工業都市は、北と言うべきだろう

245.黒い炭鉱夫

魔女さんのほうが正解に近いかなぁ……正確にはその大きな島の隣ぐらいにある、小さな島
近隣マップの表示と、遠くから建物らしきものが見えた地点があるからそこに歩いて行って今到着したんだけど…………廃村があるんですが

246.名探偵

やはりだったか

247.髭の鍛冶師

名探偵、説明プリーズ

248.名探偵

吾輩が独自に入手した情報だが、その昔良質な鉱石や宝石が掘れた炭鉱が

あったそうだ。最初は石炭だけが出てきていたが、鉱石や宝石が出るようになってすぐ、地震による地殻変動で古代文明の遺跡が炭坑にくっついてしまい、あふれた魔力と反応して炭鉱の一部がダンジョン化した。そんな炭鉱があったのだ
その結果、小さな島にあった世界有数の炭鉱を抱えた村は寂れ、今では無人島になってしまったという話らしい

近くの大きな島には、大陸とは別の王国があるのだが……その国にはじまりのエリアはないし、そこに到達しようにもまだ誰もフラグを見つけていない状況でね、吾輩もそれ以上は知らない

249.髭の鍛冶師
マップ確認したわ
大きな船でもないと到達は難しいな……しかも海って海賊がランダム出現する危険地帯だし

250.魔女は奥様
クエスト攻略なんかで、片道だけのファストトラベルするにしてもとっかかりもないんじゃねぇ

251.服屋農家
うわぁ……外には出たけど、結局ソロプレイのままなんですね

252.黒い炭鉱夫
ねぇ…………廃村に入ったら、ウィンドウが出てクエスト受注しちゃったんだけど
悪霊みたいなのが寄って来てぶつかったと思ったら勝手にクエスト受注し

ちゃったんだけど

253.怪盗紳士
あ（察し）

254.髭の鍛冶師
ど、どうしたんだ炭鉱夫

255.エルフの錬金術師
そこはかとなく嫌な予感がするな

256.黒い炭鉱夫
【かつての村長のさまよえる魂】とか表示がしてあって、「どうかこの村を」とか言って消えていった
そしたら勝手に職業が農家になってるんだけど!?　しかも廃村を復活させろとかいうクエストを受注してんだよどういうことだ!?

257.永遠の旅人
w

258.怪盗紳士
あー、それだよ強制的に職業変更するイベント。俺の場合は突発的なクエストでの発生だったけど。まあ農家ならギルドに行けばすぐに変えられるだろうから

259.黒い炭鉱夫
ギルド炭鉱の中じゃん…………職業レベル低いからその分能力値ダウンし

ているのに、もう一度入るには炭鉱を突き進まなきゃじゃん
これ絶対死ぬヤツじゃん（#^ω^）

260.魔女は奥様
ご愁傷様w

261.黒い炭鉱夫
誰だこんなアホなエリアデザインしたのはッ！

262.女騎士
これはキレる

263.黒い炭鉱夫
やってやるよ……廃村を新たな我が拠点とし、この村を復活させてやろう

264.サムライブルー
なんか、流れが変なほうへ

265.黒い炭鉱夫
お前らがそれをお望みというのならやってやる。ギルド内にアイテムもまだまだあるし、レベリングののちアイテムの引っ越し作業だ
そして、ここにある壊れたギルドを修復すればこっちでも転職は可能だろう——いや、他にも施設はいろいろある。まだまだやれることは多いッ

266.魔女は奥様
大丈夫？　自分が何を言っているのか理解している？

267.黒い炭鉱夫
村づくりRPGの始まりだッ!!

268.永遠の旅人
またこの人、違うゲーム始めているw

269.服屋農家
せっかくできた農家仲間が闇堕ちしたの巻

270.エルフの錬金術師
闇堕ちか、これ？

@@@

まあ、啖呵(たんか)切った手前とりあえずは行動をしようと思う。木に登って周辺のスクショ撮ったり、アイテムを整理したりいろいろと準備を整える。まあ、まだまだ炭坑内にアイテム残してきちゃったから一度取りに戻らないといけないけど。

というわけで、サクッと自害してリスポーン地点の炭鉱ギルドに戻った僕であった。

いや、別に誰に言い訳するってわけでもないんだけど、アレじゃん。アイテム類いろいろと残っているものも多いし、レベリングするにしても勝手知ったる炭坑内のほうがいいじゃん。

まあ先に廃村に簡易拠点を設置（持ち出した素材で少しだけ施設の修復ができた）したので、デスペナで消えないようにいくらかは預けてきたが。いっそ課金して倉庫拡張でもすれば倉庫同士でアイテムの共有とかいろいろできるんだが……それやったら負けかなぁなんて考えている。

ＶＲ機器やゲームソフト買うだけでも結構かかったからなぁ……お財布が寂しいことになっている。

「行って死に戻って、さらに行って死に戻って……向こうに拠点を作るまではしばらくかかりそうだな」

結局のところいつもの流れ作業……さすがにきつくなってきたぜ。

いっそクエスト破棄してどこか別のところへ旅立つ……でもなぁ、それはそれで負けた気分だし。それに、すでに外に出たのだ。あとは何をしようが自由というか、何をやってもいい。

地下の古代遺跡のこともある。せっかく見つけたのだ。一番に攻略したいと思うのがゲーマーの性ってやつだ。

そういうわけで、しばらくは村を復活させるクエストを進めようと思う。それに施設が充実すれば、村を拠点にあちこち探索できるだろう。それこそ、教会を立て直せればファストトラベルに使えることも確認してある。

あれ？　案外、長い目で見れば結構いい感じなんじゃ……と、考えていた時だった。

見慣れたギルド内に、見慣れないものが――というか、動く物体を見つけた。

ピンクのキラキラとした何かがもぞもぞと倉庫の辺りで蠢（うごめ）いている。

「――――え？」

「…………うあああああああ!?　黒い配管工が現れたですぅううう!?」

大きさ、というか背はかなり低い。背中には半透明の羽が見える。細身も細身でアバターとしては最小クラスではないだろうか。

背中の半透明の羽――ということは種族は【フェアリー】か。魔法特化で物理系のステータス、特に筋力値がマイナス補正かかっている種族だ。

まさか……炭鉱に新しいプレイヤーが現れるとは…………

「えっと、新規のプレイヤーさんだよね？」

「落ち着くのです。レディはうろたえません。そう、アリスはうろたえません。なぜならアリスはレディ。レディはアリスなのですから。だからたとえカワイイレディのアリスに黒い配管工が話しかけたとしてもうろたえません。マンマミーヤ！」

「落ち着けそこの幼女」

「誰が幼女ですか！　アリスは立派なレディなのですよ！　年齢も二桁です！」

「二桁なのを誇る時点で実年齢お察しなんだけど……」

この幼女、ない胸を張ってドヤ顔しているが……なんかまたアクの強いのが現れたなぁ。

体格が小さくなるフェアリーとはいえ、ここまで小さいということはリアルも結構小柄――いや言動からして絶対に子供である。少なくとも僕よりは年下だろう。

というか誰が配管工だ誰が。確かに世界で一番有名な配管工もオーバーオールを着ているが。

「……………まあいいか。お嬢ちゃん、ここ初心者には向かない鬼畜エリアだけど大丈夫？　作り直して別のスタート位置にしたほうがいいよ？」

「………………べ、別に大丈夫です。ゲームはいろいろやってますし、こんなのへっちゃらです」

「でも死にゲーはまだお嬢ちゃんには早いんじゃ……」

「それに、もう1回作り直しちゃったです……お墓じゃないだけマシです」

ああ……　……【はじまりの墓場】を引いたのか。きわめて特殊な初期位置で、難易度的には中の中といったところだろう。だが、近場のモンスターがアンデッドやレイス系、スケルトンなどいわゆるホラーな奴らしか出てこないためグロやホラーに耐性のない人にはハズレ扱いされているエリアだ。
　敵の強さと手に入るアイテムのバランスが最も良いから、数字だけ見ると大当たりなんだけどなぁとはエルフの錬金術師さんの言葉である。なお、掲示板からは総スカン喰らっていた。
　このゲーム、基本的にキャラクターはアニメ調だから非現実感があるのだが、ホラー系の敵だけは妙におどろおどろしい。悪霊村長も正直怖かったし。
　まあ、とにかく今は目の前の幼女を何とかしよう。
「なんか、ごめんね？」
「いえ……大丈夫です。ありがとうです配管工のお兄ちゃん」
「あと配管工じゃなくて炭鉱夫なんだけどね――いや今は農家だけど」
　外に連れ出してあげたほうがいいのだろうか？　いや、でもなぁ……まだレベル1だろうし、これぐらいの子が炭坑に籠もってレベリングしながら外目指すってのも……パワーレベリング[※64]はどうかと思うが、事情が事情だしなぁ……
「出口は知っているから、案内できないこともないけどどうする？」
「外に出れるのですか⁉　アリスはお外に出たいです――あ、アリスは『桃色アリス』って言います！」
「僕は『ロポンギー』。まあ、好きに呼んでいいよ。ただ、出てくるモンスターが強いからそう簡単には出られないし、ここ人の住んでいない島なんだよ」

【※64】パワーレベリング。レベルの高いプレイヤーが戦うことでレベルの低いプレイヤーのレベルを上げること。あまり好ましくないやり方

「うー……そうなんですか」
「隣の大きな島にはお城があったから、頑張ればそこまで行けるかもしれないけど」
「お城!? どんなですか!?」
「こんな感じかな」
先ほど撮ったスクリーンショットをアリスに見せる。
いかにも西洋のお城といった感じで、城壁が円形に配置されているのが特徴だ。
「うわぁ……アリスここに行ってみたいです！ お兄ちゃん連れて行ってくれるですか？」
「できる限りはしてあげたいけど…………アリスちゃん、レベルは1？」
「はい！ 今日始めたばかりです！」
だろうな。というかよくギルドまでたどり着けたな。
初心者には死にゲー過ぎただろうに……いや、言動の端々にちょいちょいゲームに詳しい単語が出てくるし、メニュー画面を出すのもスムーズだ。VRゲーム自体は初めてではないのだろう。
「ただ、いろいろ看板とか見て回ったですけど、使えないって出るので困っていたです。マンマミーヤ」
「だからそのセリフは配管工だろうに……施設が使えないのはアレだね、修繕イベント進めないとダメだからか」
アレ、一人がやれば次から大丈夫ってわけじゃないのか……いや、ゲームだしそんなもんか。
まあその程度の素材なら持っているし、レア度も一番低いものだ。

「とりあえず、そのあたりのアイテムはあげても困るものでもないし、持ってくるよ」
「ありがとうございますです」
さて、その後はどうするべきか…………まずは、検証がてらレベル上げに付き合ってあげるか。僕も農家のレベル上げたいし。敵を倒して農家のレベルを上げるって字面も変だよなぁ……いや、炭鉱夫の時からだから今更か。

326.黒い炭鉱夫

というわけで、炭鉱夫に新しい仲間がやってきたからレベリングがてら古代兵器がちゃんと手に入るかの検証に行ってくる

327.盗賊団

何がというわけなのかわからないのだが

328.魔女は奥様

どうしたの？　いきなりすぎて話が見えないのだけど

329.名探偵

吾輩の眼をもってしても何が何やらさっぱりなのだが

330.永遠の旅人

ハァーさっぱりさっぱり

331.黒い炭鉱夫

なんてことはない。ただ、炭鉱に新規プレイヤーがやってきただけって話だ

332.魔女は奥様

なん……だと

333.女騎士

まあ、可能性はありますし
プレイヤー数も相当増えましたからね

334.ワイルドハンター

種族は？　あと、どんな感じの人？

335.黒い炭鉱夫

プライバシーもあるし、詳しくは書かないけど種族はフェアリー
僕よりは年下かなー

336.服屋農家

炭鉱夫さんって結構若いですよね？　アバターからだと正確にはわかりませんが、それでも相当若く見えましたよ。それで更に年下……しかもフェアリーって男性ほとんどいませんから、そこから導き出される答えは一つ――幼女ですね！　モデルになっていただきたいので全力でそちらに向かいます（何ならもう向かっています）！

337.髭の鍛冶師

大丈夫？　炭鉱夫より年下って結構子供では？

338.サムライブルー

あえて誰も言わなかったでござるが、炭鉱夫さんログイン時間帯が基本午後なうえ見た目少年だったのに、それより年下とか……

339.盗賊団

農家さんがあらぶっておられるw

340.黒い炭鉱夫

これ通報したほうがいいんじゃないかな

341.永遠の旅人
www

342.魔女は奥様
マップ位置教えたばかりにこんなことに。まあ、そうは言っても私らもそっちに行ける方法があったら行ってみるかなぁぐらいには考えているけどね

343.髭の鍛冶師
ワシはもう行動を開始しておるがな。幸い、ドワーフの工業都市は結構近い位置にある

344.エルフの錬金術師
私も向かっているよ。レアな宝石類はいろいろと魅力的だからね

345.魔女は奥様
そっかぁ……そういえばそれもあったのよね
真剣にそっちに行けないか考えてみるわ

346.サムライブルー
某（それがし）とくノ一殿も特に目的があるわけでもないので、暇つぶしがてらそちらへ向かってみるでござるよ。幸い、今は東の王国領の島にいるでござる
たぶん拙者たちが一番近い位置にいるでござるな

347.盗賊団
王国領の島っていうと、そこそこ大きいところ？

348.サムライブルー

ハラパ王国領土・ヤシノ島でござる

349.盗賊団

やっぱりそこか。そこならクエストで行ったことあるし、俺も行ける

350.黒い炭鉱夫

来られる人は来る流れだけど、間に海があるのでは？

351.魔女は奥様

とりあえず近くまで行って、後は野となれ山となれ
こうして書き込んでいるんだし、案外ROM専とかも向かっているだろうけど……たぶん到着は無理よねー、間の海は海賊出没スポットだし
まあ正直な話、生産プレイヤーぐらいしか目指さないけど。クエスト進めるほうが効率良いし、装備もそこそこ良いの手に入るから

352.名探偵

海は大荒れ、海賊が多い。というのも、大陸の南東の海岸線のどこかに海賊のアジトがあるらしい。海賊といってもモンスターらしいが
このゲーム、海は自由に行動できないようになっているから島から島への移動が非常に困難なんだ

353.黒い炭鉱夫

薄々感づいていたけど、やっぱりか

354.女騎士

素材が手に入れば、次のイベントに役立つかもしれないというのもあるか

ら

355.黒い炭鉱夫
次のイベントってなんだっけか

356.髭の鍛冶師
次はPVPイベントの予定じゃな。個人戦とパーティー戦の二つの部門でやる形で、勝ち星数に応じていろいろなアイテムが貰えるらしい

357.盗賊団
次はPVP。俺は盗賊仲間と一緒に盗賊パで挑む

358.怪盗紳士
俺はソロで挑むぜ

359.黒い炭鉱夫
PVPかぁ……どうするかなぁ
あ、それと古代兵器は無事出土した。やっぱここなら確定入手なんだな。僕が手に入れたのとまったく同じヤツ【古代のナギナタ・壊】だった

360.魔女は奥様
確定入手って情報だけでもすごいことよね

361.名探偵
血眼になって探している連中もいるからね

362.髭の鍛冶師

今のところ実用性は皆無じゃが
そもそも通常スキルが機能しないらしいしの

363.黒い炭鉱夫
パーツとか入手できそうな場所に心当たりはあるんだけどね……攻略法が今のところもっとレベルを上げましょうだからしばらく先になるのがアレだが

364.魔女は奥様
まあ長い目で見なさい
で、その幼女どうするのよ？

365.サムライブルー
本題はそっちでござったな

366.黒い炭鉱夫
二人ならレベリング効率も上がるし、とりあえずは外まで面倒見ようと思う

367.盗賊団
というか、キャラ作り直せばいいのでは？

368.黒い炭鉱夫
１回目は墓場だった。年齢的に課金は無理そう——あとは、わかるな？

369.魔女は奥様
墓場はキツイわよね

370.盗賊団
スマン、それは仕方がないな

371.髭の鍛冶師
女の子にはきついよなぁ……

372.くノ一
拙者も、あそこは苦手でござる

373.怪盗紳士
どこぞの錬金術師とかネクロマンサーぐらいしか立ち入らないような場所は仕方がないって

374.エルフの錬金術師
解せぬ(´・ω・`)

@@@

面倒を見ると言った手前、多少攻略スピード落ちるのも仕方がないかなぁとは思っている。それに、なんだかんだ1カ月以上も周りに人がいない状況でのプレイは結構きついものがあったのだ。

だからこそ、彼女を手助けしようなんて考えてしまったんだろう――数年後、僕はその選択を早まったよなぁって考えるわけだが、それはまた別の話だ。

@@@

「どっ、せい！」

掛け声とともにゴーレムを吹っ飛ばす。アリスちゃんの職業はレベル上げ優先で旅人のままだ。装備は僕が使わなくなったものをいくつか渡した。元々倉庫に置きっぱなしでも構わないようなものだったし、役立ててくれるなら幸いだ。

それに資金繰りもそろそろきつくなるかもしれない。さすがに1カ月以上も経つと、他の採掘スポットが確立してくる。このあたりで採れるものでアドバンテージになるのは最高レアの鉱石と宝石ぐらいだろう……というか今の今まで誤解していたんだが、レアリティが高いからって高性能なわけじゃないのだ。

本当に単純にレアリティの表記が5段階ってだけで、性能を示すわけじゃないのである。いや、ある程度は関係しているんだろうけど。

まあ鉄鉱石などにしても産出量が段違いだからまだしばらくはマーケットでも売れ続けるし、資金的には今のところ潤っているが。

「失敗したです……魔法がカッコ良さそうだからって、フェアリーにしましたがアリスには全然向いていません。もっと単純に速く動いて殴ったほうがやりやすかったです」

「結構バイオレンスだな君……それならケットシーにするべきだったんじゃないの？」

「です……本当はフェアリーで軽く動かして気に入らなかったらケットシーにするつもりだったんです。でも、あの幽霊たちがッゾンビがッなまはげがッ、そのせいで慌てて作り直したからキャラクターもそのままだったです」

「うん、僕もだけど君も大概妙な引きの悪さだね――え、なまはげ？　いるの？　なまはげいるの？」

「っていうか墓場に出るモンスターとして合っているのそれ？」

「よくわからないです……HPが多かったのだけは覚えてますけど」

初期エリアでもHPが多いっていうと…………もしかしてランダム出現してフィールドを徘徊しているボスのことだろうか？

今まで外に出たことなかったので、その類は見たことないからはっきり言えないけど。

「とにかく基本方針として、まずはレベルを上げつつ動きに慣れることだね。僕も【農家】のレベル上げをしないとだから、とりあえずは一緒に遊べるけど……」
「アリスを見くびらないでほしいです！　これでもいろいろなゲームを遊んでいますし、レベル上げだってちゃんとできます！」
「うん、話していてゲームに詳しいのはわかったけどさ、危なっかしいんだよ君」
目の前の石に気が付かないで歩いていたので、石を取り除いてあげる。
さっきから何度か転びそうになっては助けているのだ。いい加減慣れてきた。体の動きはいいし、反応速度もすごいんだけど……どこか上の空なのである。
「うぅー、子供扱いするなです」
「大人扱いしてほしかったらもう少し周り見ようね」
「戦闘になったら、アリスのことを見直すはずですッ」
「それならいいんだけどね……」
知識ばかりが先行しているよなぁ…………
と、ゴロゴロと何かが転がってくる音が聞こえた。ばくだん岩か、ローリングゴーレムの音だろう。時々、ひき逃げアタック仕掛けてくる奴らだ。最初の頃は煮え湯を飲まされた相手だが、さすがにもう慣れたもので、幼女を小脇に抱えナックルで殴り飛ばした。
「ひゃわわわ⁉」
「だから周りを見なって。特に、音はよーく聞いておいたほうがいいぞ」
「お、おろしてですー！」

とりあえずアリスちゃんを地面に下ろし、周りを見回す。このあたりはほとんど一本道だし、敵もそこまで強くはないんだが……どこかで突発的に大量発生したかな？　いや、大量発生の時はもっと轟音が鳴り響いているから違うか。

プレイヤーの数が変わったせいなのか、モンスターの出現パターンが変化した気がする。一人で遊んでいた時より、出現率が高いように感じるのだ。

今まで気が付きようもなかったが……モンスターの出現スピードって近くのプレイヤー数で変動しているのだろう。

「とりあえずアリスちゃんのレベルが10を超えたら、職業を炭鉱夫にしておくか。そうしないとこの先はきついだろうし」

「うう……洞窟の中は大変です…………どうしてアリスにそこまでしてくれるですか」

「うーん……そこまで理由があるってわけでもないけど、なんか放っておけなかったし。それに、一人より二人のほうが楽しいかな、って思ったから」

結局、それが理由なんだ。この前レイドボス戦をみんなで遊んでから、一人よりも大勢でと思ってしまったのだ。

思えば最初に掲示板を開いたのもそういった理由だろう。一人きりで黙々と遊ぶより、誰かに見ていてもらいたかったから。

まあ、1回は作り直しできるのに最初にその行動をしたのは我ながらアレだとは思うが。今となってはレアアイテム多いし作り直すほうがもったいないけど。

そんなことを考えていて、思わずクスリと笑ってしまった。と、そんな僕の顔を見てアリスちゃんは顔を赤くしていた。

「――――お兄ちゃん、笑うと可愛いです」

「男としてはそういう感想を抱かれるのはちょっとアレなんだけど」

「………見つけた、です」

「？」

「いえ、こっちの話です」

なんだろう、彼女の雰囲気が少し変わった。少し目が細くなり、僕のことをじっと見つめている。妙に背中が冷えるからあんまりそういう感じで見てほしくないんだが……なんなんだ？

「ふふふ、それじゃあ一度ギルドに戻って職業変えましょうです」

「たしかに、戻りながらならちょうどいいぐらいか。アイテムも揃えなきゃだし」

「それじゃあ頑張りましょう――ダーリン」

「そうだなー……今、なんて？」

「見つけたからには逃がさないです――マイダーリン」

そう言い切った彼女の瞳は、まるで肉食獣のようだった。

【幼女じゃなくて】マジで助けてください【雌豹だった】

1.名無しの農家
偶然手を貸すことになった幼女が、獲物を狙う目で僕を見ているんだがどうしたらいい？

2.名無しの剣士
クソスレ乙

3.名無しの盗賊
釣り[※65]でしかない

4.名無しの旅人
妄想書いてないでレベル上げにでも戻りなさい

5.名無しの農家
マジなんだって、何が琴線に触れたのかダーリン呼びしてくるんだって
うれしいよりも恐怖のほうが強いんだけどマジで誰か助けて

6.名無しの剣士
本当のことだったとしたらそんな羨ましい状況ギルティでしかない

7.名無しの狩人
マジならロリコンとして末代まで祟(たた)る
ぶっ殺

8.名無しの探偵

【※65】釣り。興味を引く話題などで人を引き寄せること

www　よもや吾輩の眼をもってしてもそんな展開は予想外であったぞw
懐かれるだろうなぁぐらいには思っていたがw

9.名無しの盗賊
探偵さんが何か知っているふうということはマジだな

10.名無しの戦士
いろいろ知っている探偵さんがこの反応……ロリコンは滅する

11.名無しの農家
ロリコンじゃないよ、ロリが距離を詰めてきているだけなんだよ……
さすがに守備範囲外だからこそ、どうにかして諦めてほしいんだが
…………気まずくならない方法で回避する案を募集したい↓10で

12.名無しの剣士
安価w　滅する方法を考えたけどこの流れでそれw

13.名無しの探偵
吾輩が断言しよう。こいつ、幼女に迫られているのもマジであるし、こういう状況で安価するような奴であるとw

14.名無しの盗賊
探偵さん本当に例の探偵か？　と思ったけど……よく考えたらこのゲームで職業探偵なの探偵さん一人だけだったな

15.名無しの戦士
条件わかっていても他になりたがる奴いないからね、アレ。面倒だし

16.名無しの怪盗

探偵に聞いて見にきたらなんだこのスレw
>1.正体隠したいんだろうけど、バレてるからな
そうか、あの後そうなったのか

17.名無しの武闘家

怪盗さんも来たってことはマジな話なのか

18.名無しの釣り人

祭りの会場はここと聞いて
安価なら抱きしめてあげなさい

19.名無しの忍者

面白いことになっていると聞いて
安価ならキレのあるダンスをするでござる

20.名無しの農家

私は別の農家ですよー
それはそれとして安価なら、水着着用の上で抱きしめてあげなさい

21.名無しの盗賊

いつものスレでも良かったんじゃねぇかなぁ……
安価なら気持ちは嬉しいけど、そういうのはさすがにやめようと優しく諭す

22.名無しの鍛冶師

いっそのことやり過ぎたほうがいいんじゃよ

prprして引かれる

23.名無しの魔法使い
また妙なことに……
安価なら君の瞳に乾杯とか言っておいて変な行動を起こしなさい

24.>1[※66]
好き勝手言いすぎではないだろうか……あと、いつものスレとか言われてもわかりませんので、ええ決してわかりませんので
>21.まともなので心底ほっとしているありがとう

というわけで、正面から男らしく説得しようと思う

25.名無しの怪盗
また大分混乱していたんだな……たんこ、農家クン

26.名無しの魔法使い
やっぱり奇行に走るわよね、彼
一人ぼっちじゃなくなって浮かれていたところに予想外のセリフ言われて混乱したのね

27.名無しの盗賊
そもそも農家になっていて、幼女といっしょでって時点でわかる人にはわかるだろうに

28.名無しの探偵
吾輩に見つかったのが運の尽きであるな

【※66】>1。名前欄にこのような数字が入っている場合、その数字で書き込んだ人という意味

29.名無しの剣士
なんか知り合いばかりが集ってませんか？

30.名無しの盗賊
身内感が強まっている。状況がわからないと面白くないんだけど

31.名無しのサムライ
といっても、説明しづらいでござる

32.名無しの旅人
w　ハッキリ言ったほうがいいかw

33.>1
別に僕とは関係ないけど、別スレの話題は出さないで頂きたい
とりあえず幼女を説得したが、今度はハイライトが消えた瞳で
「誰の入れ知恵です？　別の人の気配を感じました。他の女ですか？」
って聞いてくるんだけど……(´・ω・`)

34.名無しの盗賊
え

35.名無しの魔法使い
お、おう

36.名無しの錬金術師
うわぁ……

37.>1

「別に他の女性と仲良くしても構わないのです——でも、ダーリンは○○の手を引いてくれました。その可愛い笑顔を他の人に向けてほしくないのです
もし他の人に向けたら○○はどうしてしまうかわかりません……ああ、ここがゲームで良かったです」

とっさに音声入力をオンにした自分を褒めたい。リアルな声をお届けできた
今ギルドで彼女が職業変えているところ
戻ってきたらなんとかしてこの状況を打破したい
さあ、安価は↓15で

38.名無しの剣士

ゲームで良かったって……何をするつもりなんだ
というかそこは叱るところだ

39.名無しの魔法使い

この期に及んでまだ安価をとるつもりなの!?
そんな子相手にしていてそれってあんたも大概アレだからね

40.名無しの盗賊

正直あまりかかわりたくないんだが……もう受け入れたら？

41.名無しの探偵

いろいろと大丈夫かね、君

42.名無しの怪盗
もうあきらめたほうがいいのでは？

43.名無しのサムライ
受け入れれば楽しいかもしれないでござるよ

44.名無しの忍者
開き直って受け入れればいいのではないでござるか？
どのみちゲーム内でのことでござるし

45.名無しの魔法使い
まあ、相手の年齢的に「犯人」にされるかもしれないけどねw

46.名無しの騎士
このロリコンめ

47.名無しの盗賊
頑張ってくださいとしか言いようがない
安価なら爆発瓶で自爆して死に戻り逃げ

48.名無しの怪盗
諦めたら？

49.名無しの鍛冶師
心に決めた人がいるんだと言って回避する

50.名無しの魔法使い

大人になった時まで気持ちが変わらなかったらね、と言っておく

51.名無しの戦士
気持ちは嬉しいけど、ゲームに持ち込みたくないと言う

52.名無しの炭鉱夫
気持ちは嬉しいですが、ゆっくりお互いのことを知るべきです

53.名無しの探偵
さすがにまだ早いよとかわす

54.名無しの剣士
僕に勝てたらいいよと、PVPモード[※67]を使う

55.名無しの魔法使い
意外とまともな感じね

56.名無しの怪盗
なかなか悪くないのでは？
というかさすがに自分で考えなさいよこういうのは

57.>1
>51か。良い答えをありがとう
たしかに、真摯に向き合うべきか。動揺していたのが少し落ち着いた
とりあえず彼女の反応次第で出方をうかがう

58.名無しの盗賊

【※67】PVPモード。プレイヤー同士の戦いを行う機能

返しがどうなっているか

59.名無しの戦士

でもまあ、解決するんじゃないか？

60.名無しの鍛冶師

どうなることやら

61.>1

「そう、ですよね。いきなりこんなこと言われても困りますよね。わかりましたです。でも、○○はあなたのことをダーリンと呼びたいです。それだけでもゆるしてくれませんか？」

……ほだされそうな自分がいるんだがどうしよう

62.名無しの盗賊

いいんじゃないのそのくらい？

63.名無しの戦士

まあ、大人に憧れるって思えば可愛いものだし

64.名無しの魔法使い

そのくらいいいでしょ別に

65.名無しの鍛冶師

安価じゃなくて自分で決めればいいと思うが？
真剣に言っているみたいだし、自分の言葉で言ったほうがいいじゃろう

66.名無しの怪盗
自分の言葉で伝えたほうがいいだろうなやっぱり

67.>1
そうだよな。自分でちゃんと考えて言ったほうが良いよな
気が動転してバカなことをしたわ。まだ小さい子でも、ちゃんと向き合ってあげないとな
今回はありがとうみんな。僕なりに向き合ってみるよ　ノシ[※68]

68.名無しの魔法使い
まったくびっくりしたじゃないの
長い間穴掘りばかりしていた上に、掲示板に書き込む癖がついていたせいで咄嗟(とっさ)にここに来たんでしょうけど

69.名無しの盗賊
1カ月も掘っていたからなぁ

70.名無しの錬金術師
相変わらず読めない人だ

71.名無しの戦士
薄々そうなんじゃないかなぁと思っていたけど、書き込んでいる人の職業で>1の正体わかったわw
探偵とか怪盗とか一人ずつしかいないってw

72.名無しの盗賊
自分のスレでやればいいのにw

【※68】ノシ。手を振っているように見える顔文字。バイバイという意味で使われる

73.名無しの魔法使い

恥ずかしかったんでしょ。まあ探偵が私たちにリークしたせいでバレバレだったんだけど

74.名無しの剣士

探偵さんw　ヒドイw

75.名無しの騎士

炭鉱夫さんスレ見てきたw　炭鉱夫さんが面白いことになっているぞって祭り状態になっていやがったw

76.名無しの盗賊

ひどい人たちであるw

77.名無しの探偵

……ふむ、まだ人がいるようなら一つ聞きたいことがある

78.名無しの戦士

どうしましたー？

79.名無しの盗賊

聞きたいことがあれば何でもどうぞー

80.名無しの探偵

今、職業が炭鉱夫のプレイヤーはどのくらいいるか見当がついている人はいるかね？

81.名無しの剣士
炭鉱夫にジョブチェンジできるギルドってあまり見つかっていませんから、そんなには

82.名無しの盗賊
そんなにはいなかったはず。そもそも製作時ぐらいにしか使わないから普段は別職がほとんど

83.名無しの探偵
そうか……いや、今回吾輩は最後の安価とる自信があったのだよ。書き込んでいるだろう人数からして、このタイミングなら取れるのではないかな？　といった感じで
実際>51と52はほとんど差がない

84.名無しの盗賊
あ、ほんとだ。1秒もないな

85.名無しの武闘家
つまり、どういうことだってばよ

86.名無しの探偵
何も確証はないし、勘でしかないのだが……どうにも気になってな
別に51もおかしな答えではないが

@@@

可愛い笑顔だけでなく、予想外のことが起こると妙な行動に移ってしまうところも可愛いと思う。それにアリスが困っているとすっと手を差し伸べてくれるのもカッコ良くて好きだ。

彼に見つからないように開いていた掲示板をそっと閉じて、にこりと笑う。

「それじゃあ、まずはお友達からですねダーリン！」

「その呼び方もできれば控えてほしいんだけどなぁ……」

「このぐらいはいいって言ってくれたです！」

「それはそうなんだけど……」

今はまだ、これぐらいで良いです。

アリスもまだまだ子供なのはわかっているです。

ふふふ、ふふふふふ。

でも、向こうから好きになってもらえるように動くのはいいですよね？

ふふふふふ。

あーはっはっはっは、ゲホッゲホッ……あう、むせたです。

@@@

アリスは激怒した、必ず、かのメッチャムラムラな男を落とさなければならぬと決意した。アリスにはまともな恋愛がわからぬ。アリスは、推定幼女である。リコーダーを吹き、友達と遊んで暮らしてきた。けれども運命の人に対しては、人一倍に敏感であった。

「ダーリン♡　今日はどこ行くのです？」

「そこそこレベル上がってきたし、地下の古代遺跡突撃してくるかなぁ……二人いればお互いに蘇生してゾンビアタックできるし」

「うーん、アリスは知っています。きちくっていうやつです」

「ハハハ。何をいまさら………体術スキルに魔法を組み合わせてジェット機動する変態プレイヤーには言われたくないんだけど。スクロールでスキルを覚えた途端動きがヤバいことになっているんだが……」

恋に恋する少女、しかしながら彼女もまたオンラインゲームを遊ぶ一人のゲーマーである。

「別におかしなことでもないですけど……ただ、ナックルとバトルブーツ（武器扱いの靴）に火の魔法でエンチャントしてブーストしてピョンピョン動いているだけですよ？」

「それがおかしいんだよ……あと、擬音として正しいのはピョンピョンじゃなくてビュンビュンとかグォングォンとかバーンバーンとかそんな感じだよ」

四肢から炎をジェット噴射させて跳び回る、しかもどういう動体視力をしているのかそれを完全に制御しているのだ。ハッキリ言って普通のプレイヤースキルではない。おそらくＶＲ機器も相当いいものを使っている（ＢＦＯはＰＣゲームで、対応ＶＲ機器は複数ある）。こちとら型落ち手前の代物だというのに。

ロポンギーも他のプレイヤーについてはベヒーモス戦でしか見たことないが、この子は明らかに突出している。プレイヤースキルだけならほぼ間違いなく全プレイヤーでもトップクラスの位置にいた。

「絶対に普通じゃないからね、君」

「それだけはダーリンにも言われたくないです」

1カ月以上もの間、一人で坑道のマッピングや採掘、壊れたギルドの修理のための資材集めなどといった地味かつ単調な作業ゲーにいそしんだ男である。人のことは言えなかった。

「つまり、アリスとダーリンはお似合いってわけです！」

「結局君はそこに持っていきたがるわけね……」

【愛しの彼を】彼のハートを射止める方法を教えてください【ゲットだぜ】

1.ラブハンターA
というわけで、方法を募りたいです
今、二人でダンジョンアタック中なんですが……いえ、ゾンビアタック中の間違いでした
攻略もいいですけど、もうちょっと甘い雰囲気にしたいです

2.名無しのラブハンター
なぁにこのスレ……ゲーム内にそういうの持ち込まないほうがいいんじゃ？

3.名無しのラブハンター
少なくともゾンビアタック中は無理だろ、というかプロフィールとか諸々がわからないとどうしようもないんだが

4.名無しのラブハンター
っていうか名前欄w　勝手にラブハンターにされるんだけどw

5.名無しのラブハンター
ホントだw

6.名無しのラブハンター
え……名前欄変えられないんだけど怖いんだけど

7.名無しのラブハンター

え、どうやってるのコレ……

8.ラブハンターA

愛の前には不可能などないのです

9.名無しのラブハンター

は、はい

10.名無しのラブハンター

マジでどうやっているんだコレ……え、俺のアカウント乗っ取られたとかじゃないよね？

11.ラブハンターA

ちゃんと合法です
気になる人はがんばって探してくださいです

とりあえず、私はA（仮）です。種族はフェアリーで、今はたんこーふ？です。正直ケットシーにしておけばよかった今日この頃

12.名無しのラブハンター

話それてるぞー。まあ、種族変えたいのは分かる。合わなかったなぁってことはあるよ

13.名無しのラブハンター

次のイベントまでには実装するつもりらしいけどな、種族変更。ただ課金要素だろうけど

14.名無しのラブハンター

つい2時間前、次のイベントで転生アイテムを報酬の一つで出すってブログで言っていた

あ、種族変更システムの正式名が転生システムになったよ

15.ラブハンターA

種族変更、勝ち取るです

あと、彼のスペック

笑うとカワイイ男子、背は低め？　職業は今は【農家】さんです。あと、前はたんこーふでした

ちょっとおかしなところもあるですが、とてもやさしいです

16.名無しのラブハンター

【炭鉱夫】で今【農家】……あれ？　おかしいな、一人有名な奴を知っているぞ

17.名無しのラブハンター

……ちなみにですが、今どこのダンジョンですかね？

18.ラブハンターA

古代遺跡って言ってました！

19.名無しのラブハンター

炭鉱夫さんじゃねぇかw

20.名無しのラブハンター

あっさり正体ばれて草&草w

21.名無しのラブハンター

（あれ？　炭鉱夫さんに言い寄っているのって確か幼女……）

22.名無しのラブハンター

炭鉱夫さんギルティ

23.ラブハンターＡ

もう私の正体に感づいたですか
なら話は早いです。ダーリンを私にメロメロにする方法を教えてください
↓10

24.名無しのラブハンター

安価、だと？

25.名無しのラブハンター

え、それわかって使ってる？

26.名無しのラブハンター

炭鉱夫さんが匿名で相談していたスレでせめてダーリン呼びで我慢するって言っていなかったっけ？

27.ラブハンターＡ

そんなの彼との距離を詰めるために決まっているじゃないですか
まず一気に詰めて判断能力を鈍らせた上で、少し離れてちょうどいいポジションになったのち、少しずつ削っていけばイチコロよってお母さんが言ってました！

28.名無しのラブハンター
お母さん娘になに教えてはるんですか

29.名無しのラブハンター
恐ろしいのはそれを実行する上に、成功させている幼女だが

30.名無しのラブハンター
炭鉱夫さん……

31.名無しのラブハンター
末恐ろしい幼女である
面白いから乗った。安価なら今まで付き合った人数を聞こう

32.名無しのラブハンター
好みのタイプを聞けば？

33.名探偵
ひとまず我慢したまえ

34.名無しのラブハンター
安価なら私のどんなところが好きか聞く

35.名無しのラブハンター
決まったか……あれ？

36.名無しのラブハンター
探偵!?　なぜここに!?　っていうかどうやって解除したんだ!?

37.名探偵

簡単な話だよ。名前欄固定のやり方程度、とっくに調査済みというわけだ。まあ、ヘルプや設定のかなり奥のほうにある機能だから普通気が付かないが……そこの幼女、ゲーム慣れしているな？

38.ラブハンターA

くっ……安価は絶対です、それは変えられないのですッ
でもなんで狙いすましたかのようにッ……

39.名探偵

なに、ただ先ほどの炭鉱夫君の相談スレで安価阻止された意趣返しだよ。君、時折言葉がわからないふうになっているが本当はもっと頭が良いだろう？

40.ラブハンターA

…………別に、嘘はついていないです。ただ知らない単語もあるだけです

41.名探偵

なるほど、知識があるわけではないのか

42.ラブハンターA

別に覚えるぐらいわけないのです……この借りはいずれ返してやるです
そろそろ真剣にダンジョン攻略に戻らないと怪しまれるので今日のところはアディオスです

43.名探偵

ふむ……少し大人げなかったかな。だが、炭鉱夫君がゲームから離れるよ

うなことになったら吾輩の楽しみも減るのでね、しかし面白い相手がまた増えたようで何よりだよ

44.名無しのラブハンター
え、結局どういうことだよ

45.名無しのラブハンター
幼女と探偵が謎の一騎打ちをしていたんだけど、通行人AのオレじゃAの何が起きたのか全然わかんなかったんだけど

46.名無しのラブハンター
っていうか推定幼女も安価は絶対とか言い出していたあたり、さては結構ディープだな

47.名無しのラブハンター
何者なんだろうか……そして炭鉱夫さんの周りが濃くなったことだけは分かった

48.名無しのラブハンター
次のイベントが待ち遠しい。絶対またやらかしてくれる

@@@

「この借りは、いずれッ」
「アリスちゃん、顔怖いけど……どうかしたの？」
「絶対に負けられない相手ができただけですッ。あの泥棒猫には負けません」
泥棒猫？　なんのことかわからないけど、その部分だけは絶対に違うと思う……時折探偵気取りがアアアって言っているけど、探偵さんのこと？　でも泥棒猫って言っているし、違う人だよな。あの人男性だって明言していたし。
「しかし、アリスちゃんのおかげで古代兵器のパーツがようやく手に入ったよ」
「……頭撫でてもいいんですよ？」
「ハラスメントになるからだめ」
「ダーリンに対しては解除済みですから大丈夫です！　さあ撫でてください！」
「待って、いろいろ待って。え、解除できるの!?」
知らなかったんだけど。設定メニューとか見てもそんな項目なかったと思うんだけど？
「さっきフレンド登録した時に見つけたです。コミュニケーションメニューからじゃないと設定できませんでした」
「ああ、握手した時に出るやつか……そりゃ見つけられねぇわ」
というか、この子いつの間にそんな操作したんだ……

まだ短い時間だが、言動の幼さや微妙な知識の足りなさとは裏腹にいろいろとプレイヤースキル面がおかしいのは十分に理解した。動体視力、無茶な挙動をする体を制御する身体能力。それに、まだ始めたばかりだというのにシステム面も使いこなしている。いろいろと規格外だ……え、本当にこのゲーム始めたばかり？

実年齢も魔女さん並み（ＶＲＭＭＯ黎明期からのゲーマー）だったりしないよね？　黎明期を遊んでいるなら最低でも30近いんだけど。ということは、アリスちゃんも実年齢結構いっている？

「好きなお酒はなんですか？」

「なんでその質問が来たですか……アリス、まだお酒飲める歳じゃないです」

よし、少なくとも20は超えていないか……いや、それはそれで別の犯罪臭がするんだが。

「とりあえず、ダーリン……目の前のアレ、どうにかしませんか？」

「……あ、忘れてた」

戦車に人形の上半身をくっつけたようなゴーレムが走って来て、両腕のガトリング[※69]で僕たちを消し飛ばした。うん、よそ見は禁物だね……そうして僕たちは死に戻って経験値を少し失ったのである。

【※69】ガトリング。銃口が円形に複数ついている銃。たくさん撃ってくる

【炭鉱からの】誰か見守っていてください【脱出】

811.黒い炭鉱夫
幼女ちゃんの協力のおかげで、古代遺跡の入り口辺りの探索はできた
まあ、二人で蘇生魔法をかけ合うゾンビアタックだけど

812.盗賊団
そういえばそこも残っていたな
で、開拓は？

813.サムライブルー
そこもあったでござったなぁ……収穫はどんな感じで？
あと村づくりは？

814.魔女は奥様
いろいろ心配だったのよ、彼女のことで
農家生活は？

815.黒い炭鉱夫
何を言っているのかわーかりませーん。というのは冗談で、準備が整ったら村に移住する
それまではレベリングとアイテムの用意
古代兵器は……アイテムがそろえば修理可能だったからさっそく修理した

816.釣り人
ついにその真の性能が明らかになるのか

817.エルフの錬金術師
ようやくかー、長かった

818.髭の鍛冶師
鍛冶師ロールプレイとしては発掘武器はありなのか、なしなのか

819.黒い炭鉱夫
よし、修理完了。幼女も自分の分を直したが、性能は同じだった。やっぱり、出土するものは一律で同じだな。名前は【古代のナギナタ・一】になった
ちなみに性能だが、起動時3秒間だけ動く（武器固有スキル扱い）。その間は攻撃力1000な上に防御力貫通のとんでも武器。ただし、3秒過ぎると攻撃力1になる上に重さが10倍に跳ね上がる。あと、他のスキルは使えない
リチャージに丸１日かかる

え、どうしろと？

820.エルフの錬金術師
え、強いではないですか

821.魔女は奥様
強いは強いけど……１日１回だけな上、一気に重くなるからそこで隙ができるわよね？　装備している以上すぐには外せないんだし

822.女騎士
当たれば強いが、当たらなければ隙を生むだけだしなぁ……

ボス戦で隙ができた時とかぐらいにしか使いようがないか
隙ができた時って……いちいち装備変更しないといけないわけか

823.髭の鍛冶師
それ以上強化は？

824.黒い炭鉱夫
強化っていうか修復段階が1ってなっている。まだまだ素材を集めろってことか
ただ要求素材が古代遺跡の入り口近くじゃ手に入りそうにない

825.盗賊団
はたして、PVPの切り札になるのかどうか

826.黒い炭鉱夫
ここでネタバラシしているから使ったところでバレバレじゃないですかねぇ……使うならもっと修復してからだけど、素材がなぁ

827.ワイルドハンター
本末転倒だけど、PVPイベントの報酬の中に古代兵器のパーツがあったよ
雑談スレだといらねーって言っていたけど、炭鉱夫さんなら欲しいんじゃない？

828.黒い炭鉱夫
求）PVPを戦い抜く仲間たち

829.怪盗紳士
なんでそこでソロで参加しないんだw

830.黒い炭鉱夫
いや、幼女が種族変えたいから転生アイテム目的で参加するって言うし、
それならパーティー戦のほうがいいかなぁって
僕も前回のイベントでいろいろネタが割れているし

831.髭の鍛冶師
まあ、そっちにたどり着けたら組んでもいいぞ

832.服屋農家
行けたら参加しますー。今は移動優先で

833.魔女は奥様
まあ期待しないで待っていなさい

834.黒い炭鉱夫
集まらないようならソロで出るし、別段そこまで欲しいってわけでもないけどね。ただ、もっと強化できるなら先に進めるだろうし、ホントできるなら欲しい

835.盗賊団
炭鉱夫さんは種族変えないの？

836.黒い炭鉱夫
前は変えるつもりだったけど、今はそうでもないかなぁ……移動しながら

魔法撃つの結構楽しいし、性に合ってる

837.魔女は奥様
そういえばそんなこともしていたわね

838.黒い炭鉱夫
さて、気分転換も終わったから村の復興のためのアイテム集めに戻りまーす

839.エルフの錬金術師
そもそも、イベントまでには間に合うのかが問題かもしれないな

840.魔女は奥様
わかっているのかしら……今回の参加登録はギルドじゃなくて教会なんだけど

841.盗賊団
これは無理かも知れないなぁ

＠＠＠

今日も楽しいゲーム日和だ。

インベントリに必要素材がそろっていることを確認し、壊れたギルドの前に立つ。すると、目の前にウィンドウが出現した。素材のアイコンに木材0／10、鉄鉱石0／10などという項目がいくつか表示されている。

持っている素材を投入し、決定ボタンを押すと今度は次の要求素材が表示された。

「まだまだ、時間がかかるなコレ」

アリスちゃんと出会ってから今日でちょうど1週間。その間にレベリングと炭鉱の更に先のダンジョン――例のゴーレムタイプのボスはいつの間にかアリスちゃんがソロ攻略していた――を突破し、ひたすら引っ越し作業を進めていた。

マーケットを使いつつ資材集めをしていたが、農家のスキルで伐採もできたので木材に関してはそれほど困らなかったが。いや、鉱石類が近場で手に入ることと、大量の木材が採れる土地。基本的に資材はこの周辺で手に入るのだ。クエストとしての難易度はそこまで高くないのかもしれない。

要求素材を確保しなくてはと、アリスちゃんと共に島の中の狩場へ向かう。動物の皮も必要だし、戦闘なら僕よりもアリスちゃんのほうが向いていていた。

出てくる敵も鉱山ダンジョンの中にいる奴と、この周辺で出てくる狼型モンスターぐらいなものだし。たまに熊型も出てくるけど、大抵アリスちゃんがブッ飛ばしている……あの子、強すぎない？　最初の上の空っぷりが嘘みたいだ。

「愛と悲しみの、チャイニングフィンガーソード（ただの手刀）！」

「なんか違くね？」

「アリスは中国拳法ベースですのでこれでいいのです！」

リアル武闘家だったたか……彼女はどこかでさっさと武闘家にジョブチェンジするべきであろう。いつか、動画で見たベヒーモスをソロ攻略したいですとか言っていた時には肝が冷えた……この子ならやりかねないと。他のプレイヤーに桃色の悪魔とか呼ばれかねないぞ。

「そろそろ引っ越しは終わりですか？」

「まあ、そうだねー。村のギルドだけでも立て直せそうだし」

二人で農地開拓といっても結局のところやっていることはお互い別々だった。僕は当初の予定通り引っ越し作業と村の建物の修復。あれ？　農家だよね？　建築業者じゃないはず……あれ？

アリスちゃんは島のマッピングも兼ねて周辺のモンスターをぼこぼこにしていた。うん、ゲームとしては正しい光景なんだけど……何か言いようのない不安を覚える。

「適当に見て回りましたけど、ビーチに良さそうな砂浜とアリスたちのいた鉱山ぐらいしかないですねここ」

「村があるじゃないか……まあ、島の小ささは分かっていたし、他に何もないの予想ついていたけど。お城までは行けそうだった?」

「うーん……お船があっても沈みます」

つまり、波がヤバいと。

スクショでも撮っておこうと行ってみたところ、ヤバい感じで波が出ていた。いかだ程度じゃあっという間に沈むやつ。しかも、波間に何か背びれ的なものも見えた……なんか不安を掻き立てるBGMが聞こえてくるし。どっどどっどどっどいってる感じの……こう、サメ的な。

……泳ぐのも危険と。

「イベント開始まであと2週間だし、どうするかなぁ」

村の開拓か、イベント参加か……今回のイベントは参加登録をするのに教会に行かなくてはいけない。このゲーム内におけるストーリーで宗教がどんな感じか知らないが、我々プレイヤーにとって教会はファストトラベル地点である。いろいろとお世話になることが多い施設ではあるものの……まあ、僕は一度も使ったことがないわけで………。

今回はそもそもイベントに参加できるのかって話なのだ。隣の島に行けばおそらく教会はあるだろう。いくら強制縛りプレイ状態に近くても、抜け道はあるはずなのだ。まあ僕や怪盗さんみたいに結局抜け道使わないようなのもいるわけだが。

「…………どうにかして向こう岸に行ければいいんだけど」

「空を飛んで行けませんか?」

「無茶だってそれ」

……二人で考えていても仕方がないし、とりあえず意見を募ろう。

【急募】誰か見守っていてください3【向こう岸へ行く方法】

1.黒い炭鉱夫
イベント参加のためには隣の島へ行かなくてはいけない。なので、その方法を考えてほしいです

2.魔女は奥様
最近、掲示板で見かけないと思ったけど生きていたのね
2スレ目は特に盛り上がらなかったから心配だったのよ

3.髭の鍛冶師
復興作業はどうしたー

4.女騎士
作業に集中していたのかと思ったが、大丈夫か？

5.黒い炭鉱夫
いったん中断。隣の島の王国に行かないとイベント参加できないから、その方法を探している
海は大荒れでサメらしき姿も見える

6.エルフの錬金術師
サメは危険だよ……何度アイツらにやられたことか

7.髭の鍛冶師
泳いで海を渡ろうとすると、サメが喰い散らかすんだよな
あと、[※70]メタな話海の中まで作り込んでいないから力技で進めない

【※70】メタ。メタフィクション発現の略。RPGではデータ上の話などを持ち出すこと

8.服屋農家

船もかなり危険だったというか……やっぱり、海賊関連のクエストを進めるべきですかね

9.黒い炭鉱夫

そっちから来る方法でしょうがそれ
幼女は空を飛んでいけないかって言っているけど、可能かな？

10.盗賊団

難しいな。鳥人間コンテストみたいにグライダーを作って挑んだ奴がいるんだけど、無茶すぎる挙動はできないようになっているし、上空に見えない壁がある

11.怪盗紳士

見えない壁を三角飛びスキルで蹴り続けて無理やり行くことは可能
ただ、相当練習する必要がある

12.髭の鍛冶師

大砲でも作って、ぶっ飛ぶことは可能。ただ、着弾時に死ぬが

13.黒い炭鉱夫

まともな方法はないわけね
あと怪盗さんの方法は他にできる人いないだろうが……いや、幼女ならできるかも

14.魔女は奥様

やっぱり無理よね、あと怪盗はそれできるのアンタだけだから

15.エルフの錬金術師
やはりプレイヤースキルがチート級な人はいろいろとおかしい

16.盗賊団
さらっと流しそうになったけど、つっこむね
え、幼女できるの？

17.髭の鍛冶師
おかしいな……幼女もできるとか書いてあるんじゃが

18.黒い炭鉱夫
あの幼女、プレイヤースキルがいろいろとおかしい
手足から炎を噴射させてジェット機動で移動するし、三角飛びスキルないハズなのに壁とか天井を蹴って立体的に動くし、自分の数倍デカい熊を純粋な体術だけで投げ飛ばしているし……あれ？　この子、このゲーム始めて1週間ぐらいのはずだよ？

19.魔女は奥様
うわぁ……すでに炭鉱夫さんより強いんじゃないの？

20.エルフの錬金術師
おかしい子なのは前から分かっていましたけどね

21.永遠の旅人
将来有望だね。なんとしてもその子だけはPVPに参加させてほしい

22.黒い炭鉱夫

本人は種族変更したがっているから乗り気なんだよなぁ……イベント入手できるアイテム以外にも方法あるんだよね？

23.魔女は奥様

次のアプデで追加だから、1週間後ね。ただ、イベント報酬以外だとかなり時間かかりそうなクエストの報酬か、課金アイテムになるわよ
課金が一番手っ取り早いしデメリットもないけど、内部データの書き換えをいろいろと行うためなんでしょうね。結構お金かかるわよ

ちなみに、イベント入手が一番楽に手に入るけどデメリットで基礎レベルが少し下がるって言っていたわ

24.髭の鍛冶師

時間あるならクエストが一番いいんじゃろうが

25.エルフの錬金術師

特に変える気もないですが、一応調べてはあります
イベント入手「転生の実」:レベルダウンするが、一番簡単に手に入る（イベントなどで入手）
クエスト入手「転生の水」：手に入れるには時間がかかるがレベルダウン無し
課金入手「転生の光」：購入後即時発動。特にデメリットもないが、高め。ガチャ 20連くらいのお値段
水は手に入れたら好きなタイミングで使えるのも利点

26.黒い炭鉱夫

僕も幼女も課金要素には手が出せないって……できてガチャ数回程度。こ

う、懐的に

27.怪盗紳士
リアルは詮索しないけど、炭鉱夫さんの容姿で大体予想はできている

28.魔女は奥様
キャラクターの外見で実年齢までハッキリわかるわけじゃないけど、何代かぐらいは察せられるからねー……まあ、男性ドワーフは除くけど

29.エルフの錬金術師
男性ドワーフ以外は外見からおおよその年齢が見当つきますからね

30.髭の鍛冶師
ドワーフの何が悪いのか

31.盗賊団
別に悪いとは言っていないんだが

32.黒い炭鉱夫
とにかく、方法についてだけど…………あ、着弾時に死ぬんだよね？

33.髭の鍛冶師
おう。落下ダメージが射出の速度が上乗せされることですさまじいケタになるせいなんだけどな
着水した場合でもダメだった

34.黒い炭鉱夫

幼女、炎の魔法でジェット噴射できるんだし、着陸時に逆噴射で落下ダメージ軽減できるんじゃないかなって考えているんだけど……行けるかな？

35.怪盗紳士

とんでもないこと考えるな、あんた

36.魔女は奥様

え、可能なのそれ？　……あ、可能かも。自分が反動を受ける炎魔法ベースで、グローブとかブーツとかと組み合わせれば……ただバランス調整ミスるとあらぬ方向に吹っ飛んで死ぬでしょうし、MPに気を付けないと失敗するでしょうけど

37.髭の鍛冶師

だが、撃ち出すときにもダメージはあるぞ。試した奴はオーガだったが……お嬢ちゃんの種族はたしかフェアリーじゃなかったか？

38.盗賊団

下手したら即死デスね

39.女騎士

下手しなくても即死です

40.黒い炭鉱夫

いっそ機動力が大幅に低下する代わりに防御力が大幅に上がる装備とかないかなぁ……

41.髭の鍛冶師
防護服的なものか、ちょっと無理があるかもな。どんだけ素材使うのかもわからねぇし、そもそもレシピを見つけないといけねぇ
あればできるとは思うが

42.服屋農家
そう簡単にはいかないということですね——あと一つ、朗報です

43.黒い炭鉱夫
朗報？

44.盗賊団
どんな情報が？

45.服屋農家
海賊団関連のクエストが進行しました。大分近いところまで行けそうです！

46.エルフの錬金術師
本当ですか？

47.黒い炭鉱夫
え、マジで？

48.髭の鍛冶師
いいなー、鉱石村いいなー

49.魔女は奥様

えー、私も行きたいんだけどー

50.服屋農家

そうは言いましても、結構流れるように進むせいでもう船の上なんですが……というより、一緒に攻略していたサムライさんとくノ一さんと一緒に樽に詰められて大砲に装填されたところです

51.サムライブルー

死にたくないでござる、死にたくないでござるぅううううう!?

52.くノ一

やめてとめてやめてとめてやめてとめてぇえええええ!?

53.服屋農家

というわけで、お空の旅にいざしゅっぱあああああああああああああああああああああっー

54.盗賊団

え、なにこれ？

55.魔女は奥様

音声入力だったのでしょうね
農家さんだけ余裕すぎない？

56.黒い炭鉱夫

その状況、クエスト失敗っていうんじゃないだろうか？

57.髭の鍛冶師

樽程度じゃ落下時に即死だろうが……たぶんイベントだったんじゃろうな
死にイベじゃないなら、特殊な設定で助かるはず
うーん……農家さんの続報次第じゃが、もしかしたら北側からも進入路あるかもしれんし、ワシももう少し詳しく調べてみるかの
今回のイベントには特に欲しい景品もなさそうじゃし、そっちには不参加で村に行く方法をのんびり探してみる

58.怪盗紳士

俺もそれとなく調べていたが、南東の海賊団関連が一番わかりやすい感じだったからね
まあ、難易度は高そうだったが

59.名探偵

吾輩もそれが北東のアクア王国へ行くのに一番わかりやすいルートであると睨んでいる
ただ、一番大変なルートであると思うが

60.黒い炭鉱夫

はたして彼らは無事なのだ……ぶほっｗ

61.盗賊団

どうしたんだ炭鉱夫

62.魔女は奥様

どうかしたの？

63.黒い炭鉱夫

ちょうど、スクショ撮ろうと思って城の見える海岸まで来ていたんだけど、空を妙な物体が飛んでいるなと思ったら城の近くに着弾したw

64.髭の鍛冶師

www　大丈夫なのかそれw

65.怪盗紳士

はたして無事なのかw

66.黒い炭鉱夫

スクショ機能でズームしてみた……無事っぽいけど、衛兵に捕まっているんだけどw

これは３人のアルカトラズ[※71]編開幕かなw

67.盗賊団

なんだその状況w
まあ無事でよかった

68.サムライブルー

無事じゃないでござる、一時的にスキル封印された上でレベル1相当のステータスにダウンした状態で脱獄に成功しろとかいうクエストが始まったでござる
死んだら初期スポーン位置に戻される鬼畜仕様でござるよ……またここまで来るのしんどいんでござるが

【※71】アルカトラズ。脱獄不可能と言われた監獄のあった場所。監獄の例えで使われる

69.名探偵
…………さすがにそれは予想外だったよ

70.魔女は奥様
えっと、ご愁傷様

71.黒い炭鉱夫
人間やってやれないことはないよ

72.髭の鍛冶師
ワシはもっと安全なルートを探すとするかの

73.サムライブルー
真剣にヘルプミーでござる

74.服屋農家
ここさえクリアできれば、教会でファストトラベルできるようになるし、
私は諦めませんので
では、任務に戻ります

75.くノ一
農家さんノリノリなんでござるが

76.黒い炭鉱夫
大丈夫なのかな……心配になってきたんだけど

77.盗賊団

炭鉱夫さん、その感想はいつもみんなが君に思っていたことだよ

78.黒い炭鉱夫

……(´・ω・`)

＠＠＠

最初は本当に偶然だった。大陸の西、すごく大きな平原の中心にある王国、ハラパ王国で面白いクエストないかなぁって探していたことがある。暇つぶしというより、ストレス発散のためだけど。

私はデザイノーの勉強のためにいろいろな資料をあさる中で、とあるＶＲゲームを見つけた。絵描きソフトのＶＲ版で、リアルな絵をかけたり、彫刻を作れたりといった感じのソフトだった。

作品づくりや練習するにしてもかなりお金がかかる世界だ。自分の腕を磨くといった点で実に優秀な教材となってくれたのは言うまでもない……もっとも、他にはどんなＶＲゲームがあるのかなぁなんて考えていろいろなＶＲゲームに手を出した結果、リアルな体感を得られるＶＲゲームにどっぷりハマってしまったのだが。

まあ、アニメとか漫画も好きだったから元々素養はあったわけなんだけどねー。

そんなこんなで、素材集めに【農家】で遊びつつ、たくさん服を作れるので【仕立て屋】をメイン職業にこのゲームをプレイしていた。

「お嬢さん、アンタ海の男の素質あるぜぇ」

「…………せめて海の女とかセリフ差し替えするべきだと思うんだけど運営」

どこでフラグを立てたのかは分からないが、私が海賊関連のクエストを見つけたのはその時だった。

ある程度リアルの体型が反映されてしまうこのゲーム、エルフにすれば多少は背丈が大きくなると聞いていたのに私は相変わらず小さいままの姿、なおかつ一部が大きいせいでいろいろな視線にさらされてイライラしていた時だったので、私はそのＮＰＣを蹴飛ばしてしまった。

「私は女よッ！」

「あるぜぇ!?」

変な挙動をしたせいか、浮浪者っぽい男はそのまま路地裏に消えていった。まあ、その時の話はこれでおしまい。

その数日後、ベヒーモスを爆殺したり一緒に食べられたりもしたけど楽しそうにゲームをする彼を見ていたら……いや、一緒に遊んでいたらなんかもうどうでもよくなって、素直にゲームを楽しむことができた。

元々クエストを探し回ったり、性能も注意して製作していたり気が付かなかっただけでゲームを楽しんでいたんだけど、妙な状況になっていながらも――いや、途中自分の欲望が漏れて変なリクエストして妙な状況にした一因（一員）なんだけど――彼は笑っていた。

掲示板のほうにはあまり書き込んでいないけど、なんだかんだ放っておけなくてずっと追いかけている。

こんなふうに言っていると、好きになったのかー、とか恋しちゃったのかーなんて思われそうだがそんなんじゃないってハッキリわかる。

言葉にするのは難しいけど、あえて言うなら――

@@@

「――推しねー」
「わかる。わかるでござるよその気持ち」
「某が口をはさむことではないが……あえて言わせてもらうでござる。たぶん間違っているでござるよ、それ……いや、単なる好意ではないのはわかるでござるが」
ここはアクノ王国、王城地下牢内。炭鉱夫君の現在地からもしかしたら行けるかなーって前にフラグを見つけたクエスト（幸いクエストログ[※72]が残っていた）を進めるため、近場にいるフレンドに声をかけた結果サムライとくノ一の二人が来てくれたのだ。
「それにしても……まさか投獄されるとは思わなかったでござるな」
「拙者、いっそ死に戻ってもいいんじゃないかと思うのでござるが」
「そりゃ二人は炭鉱夫さんの島に大分近いハラパ王国領の島に行ったことがあるから失敗しても別の方法見つけられそうだからいいけどー……でもー、もう目と鼻の先なんだしやれるだけやってみない？」
「某も万全の態勢を整えるべきではと思わなくないが……たしかに、クリアできればかなりのアドバンテージでござるからな」

【※72】クエストログ。クエストの履歴。メニュー画面から見ることができる

【サムライ】の『よぐそと』と【忍者】の『桃子』。似たような経緯で和風職業になり、そのままロールプレイを始めた二人だ。元々知り合いでもなんでもなかったが、掲示板でお互いのことを認識し、近くにいたので組んでみたらそのまま意気投合したとのことだ。

「たしかに、鉱石類だけでも最上位レアが出るのは分かっているし、生産職としては欲しいのよねー」

「ディントン殿は【農家】、もしくは【仕立て屋】でプレイしているのでござろう？　何に使うのでござるか？」

「うーん……クワと、あとハサミ」

「クワは分かるでござるが……ハサミ？　製作アイテムにレアリティの高い鉱石を使ってもそこまで効果が高まるわけではなかったような……？」

せいぜい耐久値がすごく高いとかその程度なのがねー、それはそれで魅力的だけど。

ホント、これもかなり偶然発見した代物なんだけど……私は装備していたサブ武器を取り出した。

普段は霧状になって私の周辺に漂っている、こう呪いの武器的な感じなのが嫌ではあるのだが、不意打ちとかに使えるからなかなか重宝している。

「ヒエッ……なんでござるかそれ」

「…………デカいハサミとか昔のホラーゲームでござるかな？　ご丁寧に血糊までついているで

ござるし。某、あのゲーム苦手なんでござるが」
「私もホラーはちょっとねー……」
「こ、小柄なディントン殿が身の丈以上のハサミを持っていると、妙に恐怖心が湧き立つのでござるが」
桃子ちゃん、ブルブルしちゃってカワイイー。
よぐそと君も顔を青くして、どうしたのかなー？
「分かっていてやっているでござろう、両手で持ってジャキンジャキン音を鳴らさないで早くしまうでござる」
「あら、バレてたかー」
「バレバレでござるよ……肝が冷える」
「言葉とは裏腹に、よぐそと君、ホラゲ苦手ってわけじゃないでしょー。大分前のゲームなのに知っているみたいだしー」
「ホラゲそのものが苦手なんではござらんよ……VRのホラーゲームをやると妙な殺され方をするから嫌な思い出があるだけでござる」
そういえば、よぐそと君ってモンスターにやられる時も面白い死に方するからね。
スライムに足を滑らせて敵モンスターの魔法（本当は外れていたやつ）に当たったり、巨大イノシシの突進をかわしたらイノシシが木に激突して、その木が倒れてきて下敷きになったり。
「なんで散々な死に方ばかり……」

「桃子ちゃんも言ってやっていいのよー。コントにしか見えないって」

「あ、あはは……」

「辛辣でござるなッ」

だってねぇ……思わず笑っちゃったし。特にヒポグリフ[※73]を倒したと思ったら、敵の魔法がギリギリで発動していたのか真上に吹っ飛んだ時にはもう……

「芸人とか興味ないー？」

「どういう意味でござるか……」

さて、無駄話も楽しいっちゃ楽しいけど……そろそろ脱出のこと考えないとね。

「何か意見ある人ー」

「あったらとっくに言っているでござるよ」

「右に同じ」

「そりゃそうかー。まあ、まともに攻略できるか怪しいクエストだし私的には邪道もありかなーって考えているんだけど二人はどう？」

「個人的には正攻法で攻略するのが好みでござるが、たまにはいいでござろう」

「拙者は大丈夫でござるよ。忍者的にも、裏工作アリでござる」

「わかった。それじゃあ言うけどー……衛兵ってどこまで追いかけてくると思う？」

「どこまでって……そもそも論じているのは脱出方法では？」

「それは別にどうとでもなるわよー」

【※73】ヒポグリフ。上半身はワシ、下半身はウマの怪物

【アクア国】脱獄実況スレ【地下牢から生中継】

1.服屋農家
さすがに炭鉱夫さんのところで書くのもあれだから、分家のはじまりよー

2.黒い炭鉱夫
別に僕の分家扱いじゃなくてもいいんじゃないですかねぇ

3.盗賊団
こんなんだから炭鉱夫一門とか言い出す人がいるんだけど

4.女騎士
脱獄クエストは超高難易度だがだいじょうぶか？
私もクリアしたことはないぞ

5.エルフの錬金術師
また妙なもの始めましたね……
もうこれ、チャットルームでもいいのでは？

6.髭の鍛冶師
なんだこれ

7.魔女は奥様
>5このゲーム、チャット機能はないから。代わりがこのBBSだし、チャット代わりに使う時は鍵付き設定のやり方とかでいろいろと面倒だけど
それに不特定多数に見てもらいたいんでしょうね

8.服屋農家

うん。面白いものはみんなで共有するべきかなー
とりあえず取り出したのは、炭鉱夫さん謹製の爆弾よー

9.怪盗紳士

炭鉱夫一門に偽りなし

10.盗賊団

いつ渡したし

11.黒い炭鉱夫

……マーケットに流すべきじゃなかったかなぁ

12.髭の鍛冶師

コテハン、炭鉱夫じゃなくて工作員に改名したらどうだ？

13.エルフの錬金術師

なんで本職よりも製作スキル主体の戦い方しているんですかねぇ……【炭鉱夫】も【農家】もアイテムを手に入れるための職業でしょうに

14.黒い炭鉱夫

(´・ω・`)

15.服屋農家

スキルが使えないんだからしょうがない。投擲(とうてき)スキルがないからシェイクして時間で起爆するようにする。そして、鉄格子前にセットー
あと、もう１個スタンバイしておくよー

16.サムライブルー

一緒に投獄されているサムライでござるが、目の前で爆発物を取り出して起爆しようとしている人がいる恐怖。しかも武器が巨大なハサミになっているシザーウーマンでござるよ

17.くノ一

鉄格子は吹っ飛んだでござるが、レベル1相当のステータスのせいで一撃でも入れば死ぬんでござるよ!?　とくに拙者フェアリーでござるから物理攻撃はマジでアウトでござる！

18.サムライブルー

某はオーガでござるから、まだマシでござるが……衛兵たちが波のようにぃいい!?

19.くノ一

農家殿が爆弾を転がして衛兵たちを爆殺したぁ!?

20.服屋農家

人聞きの悪いことを言わないでほしいわー

NPCにはダメージが入らないことを知っているからこそ無茶できるのー。これはあくまでもゲーム、NPCにはノックバックだけだからー。ただちょっと、カルマ値[※74]的なのが増えて物価が上がったりするぐらいだからー

21.盗賊団

影響あるんじゃねぇかw　いや、盗賊で街に入るの大変だったりするから知っていたけど

【※74】カルマ値。ゲーム内の住人に対して良くないことをすると溜まる数値。多いと信用されていない状態になる

22.怪盗紳士
ホント大変なんだよなぁ…………俺も正面からは入れないし

23.黒い炭鉱夫
…………NPC って実在するの？

24.髭の鍛冶師
炭鉱夫さんw

25.エルフの錬金術師
そっか、そういえばまだNPCに会ったことすらないのか
いや、アンタ村長に会ってなかった？

26.服屋農家
安心して、私たちが来たからにはNPCに会わせてあげられるハズ……

27.黒い炭鉱夫
そこは言い切ってほしかった
っていうか書き込んでいて大丈夫？
あと、あの悪霊はNPCとは認めていない。一方的にクエストぶつけてきただけだし

28.服屋農家
今のところは一……衛兵をブッ飛ばして、今王城の中を走っている。一撃でも貰えばアウトだけど、床に要らないアイテムを落としていってNPCの動きを阻害してなんとか逃走している

29.**盗賊団**
何この人……裏技攻略しているの？

30.**名探偵**
まあNPCのAIにも限界があるからね。アイテムを落とすことで、そのアイテムを踏まないようにNPCを行動させて逃走経路を作っているのだろう
絵面は最悪だろうが、有効な手の一つだよ。ただ、山賊や海賊といったモンスター扱いのNPCには通用しないから気を付けるように

31.**怪盗紳士**
アイテム設置エスケープだな。俺も逃げる時にたまに使う。というか使わないと攻略できないぐらい怪盗専用クエストって難しいし

32.**黒い炭鉱夫**
(..)φメモメモ

33.**エルフの錬金術師**
炭鉱夫さんに余計な知識を与えないでください

34.**髭の鍛冶師**
この人のことだから、変なことに使うぞ

35.**黒い炭鉱夫**
失敬な。ただ、村を復興するにしても村人が必要だからNPCを連れてくる時とかの参考にしたいだけである

36.盗賊団

そもそも方法は？

37.黒い炭鉱夫

…………あー、まずは建物直して畑作って、住める環境にしないといけないな、うん

38.髭の鍛冶師

もしかしたら設備を直せば人が戻ってくる仕様かもしれないし、頑張りやワシは遠くから祈っておるよ

39.黒い炭鉱夫

鍛冶師さん、設備に鍛冶場があったんだけど直接画像送るね

40.髭の鍛冶師

ちょっと本腰入れて島に行く方法探すわ

41.怪盗紳士

設備良かったのかw

42.盗賊団

髭のオッサンの即堕ち2コマw

43.魔女は奥様

壊れていても即断する程度に良い設備だったのね……私も行きたくなってきたんだけど

44.黒い炭鉱夫
ただいま入居者募集中です

45.ワイルドハンター
こいつ、村人に勧誘する気だ

46.盗賊団
我々を村人にする気だったかw

47.服屋農家
だが第一村人は我々である。この戦い、我々の勝利だー！

48.サムライブルー
死亡フラグを立てないでほしいでござる

49.くノ一
なんか衛兵の挙動がおかしいんですけど、こっちをじっと見つめて――壁を走ってきたァアアア!?

50.怪盗紳士
ちなみに言い忘れたが、俺の場合怪盗のスキルでいろいろと無茶ができるだけであってそれ以外のプレイヤーがアイテム置きブロックなどの裏技をしようすると、NPCがヤバい動きするから気を付けてね

51.名探偵
もう遅いがな

52.サムライブルー

嫌でござる。このまま死ぬのは嫌でござるうううう

53.服屋農家

あー、失敗だったかなーコレ

54.嫁

今です！　窓から飛び出してくださいです！

55.くノー

え、だれ？

56.サムライブルー

なんか城の外をちびっこフェアリーが飛び回っているんでござるが……
ジェット噴射で

57.嫁

長くはもちません、さあ早く！

58.服屋農家

誰かは知らないけどー、アイキャンフラーイ！

59.サムライブルー

ええい、男は度胸！

60.くノー

女は愛嬌！

61.黒い炭鉱夫

…………まさかうまくいくとは
これ、次のメンテで調整されたりしないよね？

62.盗賊団

お前のせいか、炭鉱夫。何をした何を

63.黒い炭鉱夫

いや、ほら３人が捕まる前にスレで大砲で撃ち出す云々言っていたじゃん
ちょうど別件で鍛冶師さんとは３人が動き出す前にメールでやり取りしていて、先にマーケットで大砲出品していくからとりあえず試すだけ試してくれって

64.怪盗紳士

幼女ちゃん、フェアリーだから耐久紙じゃなかった？

65.名探偵

参考までにどうやったのか教えてほしい

66.黒い炭鉱夫

大砲の中に要らないアイテム詰めまくってその上に入って、発射した。挙動がぶれるから正確にモノを飛ばせないしアイテムたちは犠牲になったけど、持ち前の身体能力で見事カバーしていた

67.エルフの錬金術師

何者なのか……

68.黒い炭鉱夫
さぁ？

69.盗賊団
それよりコテハンそれでいいのか？

70.黒い炭鉱夫
背伸びしたい年頃なんでしょ？　まあ、彼女なりに真剣っぽいしあんまり無茶なことはしないのならいいかなって
あと、個人的には教えていないのになんでこのスレ知ってるのか気になるけど

71.髭の鍛冶師
それで片づけていい問題かのぉ……

72.ワイルドハンター
その子、攻略サイトは見たりするの？

73.黒い炭鉱夫
普通に調べた上で遊んでいるな

74.ワイルドハンター
スレを知っているのはおかしくないか。ここっていうか炭鉱夫さん関連有名だし
元スレに農家さんが作ったこのスレのリンクもあるし

75.盗賊団

よく考えたら公式動画に使われているんだから炭鉱夫さん有名じゃんw

76.髭の鍛冶師

ちょっとヒヤッとしたが、そもそも調べればすぐわかるレベルだったの

77.黒い炭鉱夫

何の話ー？　動画に使われたのは知っているけど、そこまで有名だっけ？

78.名探偵

気づいていないなら、別に気にしなくていいことだよ

79.服屋農家

なにやら面白いことになっている気配。あと、思ったよりも可愛らしいロリっ子で創作意欲が湧き立つ。ただ、いろいろと気になることがあるからゆっくりお話ししたいと思います
まあお礼も言いたいからね。おかげで犠牲者も出ずに脱出できた。脱出したとたんNPCが引き上げるのには笑ったわ。すぐに入れるしw

なので、死に戻った彼女をもう一度こっち側に送れないかやってほしいです

80.盗賊団

犠牲者出てんじゃねぇかw

@@@

解説すると、アリスちゃんには3人を助けに行ってもらっていたわけだが……脱獄3人衆を助けるのには成功したが、アリスちゃんは自分が無事に着陸するだけのMPが残っておらず、そのまま落ちてしまったらしい。３人はアリスちゃんが地面に置いたアイテムを足場に降りたことで落下ダメージはなかったそうだが。

「さすがのアリスでも怒っていいと思うんです。いきなり大砲で飛ばされて、そのあと落下したんですよ。落下ダメージ洒落になってませんよ。なので、埋め合わせを要求します」

「あー、ごめんって」

「いいえ。埋め合わせを要求します。具体的には、何でもする権利を――」

「はい、埋め合わせ」

頭に手を置き、アリスちゃんの桃色の髪をなでる。まあ元々彼女が向こう側に渡ってひとまず教会をファストトラベル先に登録したり、アイテムの調達などできないか試してみるつもりだったのでまた飛んで行ってもらわないと困るのだが。

こう、買収しているみたいでいやだなぁ……

「し、仕方がないですね！　ここまでされたら行かないわけにはいかないじゃないですか！」

「ねえ君、ちょろすぎない？　お兄さん君の将来が心配になってくるんだけど」

「それじゃあ、行ってまいりますマイダーリン！　あ、でもやっぱり埋め合わせはしてほしいです！」

「慣れてきた自分がいて怖いんだけど」

ぴゅーっとあっという間に行ってしまった。しかも大砲も自分で準備して。

このゲーム、一応カルマ値あるんだけど大丈夫なのだろうか？　衛兵の邪魔をしてそのあたりどうなっているのか………追いかけられたりしない？

心配ではあるが、自分の準備を進めないといけない。

イベントまでに準備が整えばいいんだけど………そもそも僕の場合参加できるか怪しいからなぁ……アリスちゃんみたいな無茶苦茶な方法は使えないし。あのジェット噴射が使えるようなプレイヤーなんて他にいるのだろうか。女騎士さんは前にぽろっと魔法でブーストして接近する戦法を使っていると言っていたのだが……それでも空を自在に飛ぶなんて無理だろう。

なお、アリスちゃんが空を飛んでいたことに感銘を受けて、女騎士さんも自分で使おうと試行錯誤を繰り返すことになるのはまた別の話である。

@@@

「またこれでいっぱい褒めてもらえますです。それに、その先だっていろいろと……キャー！」

「この幼女、まーたアクが強いでござるなぁ」

「炭鉱夫さんはそういう人を引き付ける何かがあるのではないでござろうか？　ピンポイントでこの幼女がポップ[※75]したのもそんな感じで」
「桃子殿、モンスターじゃないんだから」
「普通のプレイヤーは空を飛ばないでござるよ」
サムライとくノ一が言うように、普通のプレイヤーではできないことだ。相当ＶＲ慣れしていてなおかつ、元々の素養が高くないとできない。
さらに、リアルでも体を動かした経験がある人の動きだ……格闘技をやっているタイプの。
「まあいいじゃないのー。さっきは助けてくれてありがとうね。改めて自己紹介しましょう。掲示板のことは知っているみたいだしー、詳細は省くわね。『服屋農家』こと、ディントンよー。よろしくね。背丈はあなたとあまり変わらないけど、これでも立派な大人よー」
「立派な大人でござるか……」
「何か言った？」
隣の桃子ちゃんが、私の頭を見てそう言う。何か言いたいことがあるなら聞くわよー？
「いえ、なんでもないでござる。えっと、拙者は桃子。見ての通り『くノ一』でござるよ」
「では最後に、某は『サムライブルー』。またの名を、よぐそと、でござる」
「３人とも、よろしくです。『嫁』の桃色アリスです」
「……………こう、直接見るとなかなかパンチの強いモノがあるわね」
「大丈夫なんでござるか、これ」

【※75】ポップ。モンスターやアイテムなどの出現という意味

「炭鉱夫殿も苦労するでござるなぁ」

だけど私たちの発言は耳に入っていないのか、幼女ちゃん――アリスちゃんは周りをきょろきょろと見回している。そういえば、この子も炭鉱夫さんと同じで【はじまりの炭鉱】スタートだったんだからまともな街を見るのは初めてなのか。

まだ1週間程度とはいえ、ゲームを始めてから初めて見た街なのだ。そりゃこんな反応をするだろう。そうなると、彼はここにたどり着いたら腰を抜かすのではないだろうか……

「ほえー、いろいろあるんですね。それに、きれいな街……教会が楽しみです」

「そういえば私たちもファストトラベルの登録のために行かないとねー」

「正直、このままログアウトしたい気持ちでいっぱいなのでござるが……また衛兵がやってこないかと。せっかく称号も手に入れたでござるし、きれいなまま終わりたいでござる」

「カルマ値大丈夫でござるよね？　教会に門前払い喰らわないでござるよね？」

無理やりではあったけど、クエストクリアで称号も貰えた。【プリズンブレイク】ってまんまなヤツ。効果は幸運値上昇・中って……【一発屋】の上位互換だった。あとで炭鉱夫君に教えてあげよう。面白い反応をしてくれるはずだ。

あと、和風二人はビビっているが、そもそもこれはゲームだというに……一度指定されたエリアを出て脱獄扱いになった途端に衛兵は光と共に消えたのだ。

やはりプログラムはプログラムでしかない。いくらリアル（さすがにリアルすぎるのはまずいからある程度トゥーン調ではあるけど）な体感を得られるVRゲームだとしても、私たちプレイヤー以外はただのコンピューターの演算で動いているだけのものなのだ。
だからこそ、我々プレイヤーの人間性が現れてくる……そう考えると我ながら外道だなと落ち込むのだけども。
「……ままならないものねー」
「何をそこまで思いつめた顔を。わかったでござるよ。ちゃんと教会に行けばいいのでござろう」
「そもそも怪盗殿も普通に利用できるのでござるから、気にする必要はなかったでござるな」
「では出発しましょう！　私とダーリンの結婚式の下見に！」
「…………ホント、ままならないものね」
オンラインゲームで現実の事情に踏み込むのはご法度。でも、ここはVRMMOだ。たとえゲームだとしてもそこで遊ぶ人々はどこまで行ってもリアルな人間である。たとえ可愛らしいキャラクターの姿をしていたとしても、メカメカしい見た目だったとしても、動物、モンスターなんかの人じゃない見た目だったとしても……その向こう側に人間がいて会話する以上人間関係はリアルと変わらない。
ボイスチャットだけの時代よりも進んで、身振り手振りや人の息遣いが加わった今、かなり生身の人間とのやり取りに近づいている。
それに彼女はまだ子供だろう。倫理観がはっきりしていない子供。まあ、私自身倫理観がしっかりしているとは言えない……というかオンラインゲームにのめり込む人は大なり小なりどこかズレている人が多い。私自身まだ若いし、まともな道を示せるとは思えないが、これも大人としての務めだ。
「アリスちゃん、ちょっといいかなー？」
「？」
「お姉さんと大事な話をしましょうかー」

@@@

まずは用事を済ませましょうと、教会でファストトラベルのための登録を行い、市場でアイテムを買いそろえた。炭鉱夫君からお金を持たされていたようで、いろいろと買いそろえている。あと、浜辺に巨大な大砲を設置したのには驚いた。掲示板に書いてはあったが、本当にそれで飛んできたのか。
　っていうかなんで設置できるの？
「これでよしです。ダーリンがたぶん自分で橋を作るか、ボートでも設置するとか、何かをして移動できるようになると思うって言っていましたから、オブジェクト設置できるはずって言っていましたけど合ってましたです」
「改めて見ると圧巻ねぇ……あと、浜辺で妙なＢＧＭが鳴り響くのはなぜなの」
　サメ的なヤツ。

「それは警告、って聞いています。普通の方法じゃ海は渡るのは難しいから自然と警戒できるようにしておくって」

「へぇ…………でも、なんかその言い方、ゲームを作っている人みたいね？　炭鉱夫君とは別の人から聞いたの？」

「──あ」

彼女の表情が変わった。これは言ってはいけないことだったのだろう。まあ、聞いていたのが私一人で良かった。

和風カップル（本人たちは否定していたが、ここ最近はずっと一緒に行動しているあたりデキていやがると思っている）が別行動していてくれて助かった……まあ、私のクエストに付き合わせた上に、憎まれ役にも付き合わせるわけにはいかない。

今から私はこの子にひどいことを言うのだろう。だが、この子はいろいろと危うい。まだ子供だからこそ、誰かが言わなくてはいけない。

「…………」

「別に言いたくないのなら、それは聞かない。まあ大方の予想はつくんだけどね。アリスちゃん、結構若い──いや、本当に子供って言っていい年齢よね？」

「だ、ダメでしょうか……アリスみたいな子供がこんなゲームをしているの」

「推奨するべきじゃないんだろうけど、私も人のこと言えないからねー」

ネットゲーム自体は最近だが、小さいころに徹夜で携帯ゲームをしていたこともある。魔女さんあたりならもっとアレな体験談を言ってくれるのだろうが……既婚者として言ってもらったほうがいいし、ここにいてほしかったが仕方がない。

掲示板の名前固定方法を知っていたり、ただVR慣れしているだけでは説明のつかない驚異的な動きだったり、他のプレイヤーとは違う事情があるのは間違いないだろう。まあ、うっかり言っちゃったりするところを見ると、直接開発運営に関わっているわけではないのだろうが。

「まだまだちょっとしかアリスちゃんとは話していないし、正直なところ掲示板で見た限りの印象しかないんだけど……なんでそこまで炭鉱夫君にご執心なのかなー？」

「…………別に、人を好きになるのに理由がいるとは思えません。ただ、アリスの運命の人はこの人だと思っただけです」

そういえば一人称がアリスなの、キャラづくり……いや、これもたぶん素なのか。ということは、本名って……ネットリテラシーと叫びたい。まあ、それは追々教えていってあげよう

…………私は嫌われそうだから他の人に頼んで。

それは置いておいて、今重要なことを彼女に告げよう。

「…………寂しかった、からじゃないの？」

「――――ッ」

私は、決定的なことを告げた。

ちょっと考えればわかる話だ。いくら好きになったからといって、異常なスピードで距離を詰めようとしている。絶対に逃がさないように、絶対に逃げられないように。

でも彼女自身リアルの事情に踏み込もうとはしていなかった。自分自身のことも、炭鉱夫君のことについても。それをやっていたら、真っ先に炭鉱夫君は掲示板で相談していただろう。あくまで、ゲーム内でダーリンと呼んで距離を詰めていただけだ。それこそ彼がゲームをやめたら消えてしまうような薄い繋がり。

にもかかわらず彼女は彼に迫った。たとえ、ゲームの中だけだとしても。

「私も覚えがあるから、わかるのかなー。あなたたちが出会った場面を直接見たわけじゃないから、確証はなかったんだけどね。暗い場所で一人ぼっちだと思っていたら彼に出会った反動かななんて考えてもいたんだよ。だから、他に知り合いでもできればもうちょっと柔らかくなるかなって……」

そうじゃない。執着、怯え、いろいろな感情がごちゃ混ぜになっていて分かりにくいが、もっとシンプルな一言がある。

「でも、私たちに会っても彼にご執心のまま。でも私たちとも一緒に遊ぼうとしている。違うんだよね？　貴女は、彼が好きなんじゃなくて一人になるのが怖いだけ――」

「――それ以上は、言わないでくださいです」

少し、肝が冷えた。

彼女の瞳は燃えていた――そう感じるだけの、熱量があった。電気信号のやり取りでしかないＶＲ機器でここまでの感情を読み込めるのか？　いや、これは彼女の想いの強さだ。

何を馬鹿馬鹿しい。そう断ずることもできるが……彼女は、彼女なりに真剣だ。

「たしかにアリスは寂しいから、一人は嫌だからあの人と一緒にいます——でも、あの人のことを好きになったこと、それに嘘はついていません。それを否定されるのだけは絶対に許しません」

「……………そっかー、それならいいんじゃないー？」

「って、それだけですか!?」

「まあカマかけただけだし。お姉さん的には、すぐに解決する問題じゃないとは思っているしー」

時間はかかるだろう。

確かにその熱量は本物だ。彼に好意を持っているのも本当だろう。だが、それはまだハッキリとしたものじゃない。まさしく恋に恋する少女。ただただ一方通行だ。炭鉱夫君がそれでも受け止めてくれる度量があるから成立しているだけのもの。どこかで必ず破綻する。

別にそれが悪いわけじゃない。どこかで間違いに気づいて、悩んで、大人になっていく。だけどここはゲームだ。たとえ、リアルな人間関係が存在していたとしてもゲームなのだ。

「……………やっぱり、ゲームは楽しくないとねー」

ここはみんなの遊び場だ。あまり、重苦しいものは持ち込まないほうがいい。二人が自分たちの関係性に納得しているのならいいが、今のままではいけないのは傍目にもわかる。

まあ、炭鉱夫君に元気をもらったお礼ぐらいはしないとね？

……彼らを着せ替えたいという欲求もあることは否定しないのだが。だってー、変にこじれているとそう言った頼み事は聞いてもらえないし――いや、問題解決したら断られそうな作品も来てもらえるかもしれない？

………俄然やる気が出てきた。

「ふへへ」

「なんでこの人、よだれ垂らしているんですか……」

【炭鉱夫と】3分クッキング！【鍛冶屋】

1.黒い炭鉱夫
ヘーイジョニー！
今日はこの新鮮な特大ルビーと超レアなミスリル銀を用いた武器製作だ！

2.髭の鍛冶師
なんだってマイケール！　そいつはまたナイスな提案じゃないかぁー！

3.黒い炭鉱夫
それでいったい、どんな武器を作ってくれるのか楽しみだぜヒャッハー

4.髭の鍛冶師
ヒャッハー！　いい感じに仕上げてやるぜぇ！

5.服屋農家
……こっちが真剣に悩んでいる裏でなにやっているんですかアンタらー
いや、私も人のこと言えないけどもー

～略～

123.黒い炭鉱夫
ヒャッハー！　装備の完成だぜぇ！

124.髭の鍛冶師
ヒャッハー！　これでパワーアップ間違いなしだぜぇ！

125.黒い炭鉱夫

ヒャッハー！

126.髭の鍛冶師

ヒャッハー！

127.服屋農家

あんたらよくそのノリ続くわねー……

128.魔女は奥様

農家さんも歯に衣着せなくなりましたね

129.エルフの錬金術師

いいじゃないですか。楽しそうで
というか、いつの間に鍛冶師さんは炭鉱夫さんの島にたどり着いていたんですか？

130.髭の鍛冶師

意外と簡単だったぞ
まあ、他のクエストのついでに受けていたお使いクエストがたまたま連続クエストでアクア王国方面に行ける船に乗れる、ってやつだっただけなんじゃがな
で、途中下船して無理やり乗り込んだ

131.サムライブルー

拙者たちが大変な思いしている裏でなにしてるんでござるか

132.くノー

でもいいのでござるか？　アクア王国で降りていれば教会に立ち寄ってファストトラベル登録できるのに

133.髭の鍛冶師

いや、頑張れば大砲で行けることが証明されたから、こっちに拠点作ってからのほうがいいだろう
アクア王国側からは難しいかもしれんし

134.怪盗紳士

ごもっともで

135.魔女は奥様

でもいいの？　聞いた感じだけでも大分厄介な子なのに
余計なつかれるわよ

136.服屋農家

一朝一夕ではいかない性格だろうけど、本当に大丈夫なの？

137.黒い炭鉱夫

というか原因は農家さんにもあるでしょうに。どうせ自分の欲求も入っていますよ
僕自身、本当はまだ子供ですし、偉そうなことを言える立場じゃないです
でも、やっぱりゲームは楽しんでやるべきだと思うんですよ。だから、その手助けぐらいはしてあげたいなって
まあ限度はありますけど、僕が受け入れてあげてそれがかなうならそれもいいのかな

138.髭の鍛冶師

ステキ！

139.盗賊団

抱いて！

140.黒い炭鉱夫

男は帰れ

141.服屋農家

その絡み詳しく

142.黒い炭鉱夫

腐海に還れ

143.魔女は奥様

…………大丈夫なのかしらね、本当

@@@

なんだかんだで、日は過ぎていった。イベント開始も目前に迫る中、農家さんがアリスに何か言ったのかログインしていても上の空な日々が続いている。
装備を作ったはいいが、髭の鍛冶師さん（ライオン丸）もリアル側でいろいろあって今回のイベントは見送り。元々余裕があったら参加するってスタンスだったし。
掲示板メンバーも魔女さんや盗賊さんなどは不参加となってしまった。
そんな梅雨も後半に入ったある日のこと、僕は近くのコンビニでアイスを買って帰る途中……公園に一人寂しくブランコを漕いでいる女の子を見つけた。
「…………」
背は僕と比べて少し低いくらいだろうか？　僕自身、平均より少し低めなので何とも言えないが、たぶん小学生くらいの女の子——その子は、まるで楽しいことなんて何もないというふうにそこに座っていた。
なぜかその子が、アリスちゃんとダブって見えて、気が付いた時には彼女に声をかけていた。
「どうかしたの？」
「別に、お兄さんには関係ありません」
「確かに関係ないね。でもさ、そんなつまらなそうな顔していないでさ、楽しいことを探しに行けばいいじゃないか」

「………楽しいことなんて、あるんですか？」

女の子は、不機嫌そうな顔で僕を見る。身なりのいい格好で、裕福な家庭だとわかるが……ただ、それだけに服にシワがあるのが目立っていた。

「あるよー、世の中にはいっぱい楽しいことがあるんだ」

「お兄さん……あり、あー私とそんなに歳変わらないですよね？　近くの中学の制服ですし」

彼女の言った通り。ただ、僕は今までこの子を見たことがない。このあたり学区の境界線があるからたぶんそれか、この子は私立に通っているか、そんなところか。

「まあね。そんな僕でも世の中にはたくさん楽しいことはあるって思っている。本を読むのでもいいし、テレビを見てもいい。星を見上げてもいい。歌ってもいい。何でもいいんだ」

結局、本人が楽しければそれでいいのだ。

もちろん人に迷惑はかけない範囲でだけどね。

「例えば僕はゲームが好きなんだ。いろいろなジャンルに手を出しているけど、とくに自由度が高いのが好きでね」

「……」

「一人で黙々とやってもいいけど、誰かと一緒に遊ぶともっと楽しいんだ。最近、それに気が付いた。たまたま出会った子だけど、なんだかんだ一緒にいてくれて楽しかったんだ」

ベヒーモス戦でみんなと一緒に遊んで改めて誰かと遊ぶ楽しさに気が付いて、アリスと出会って何でもない作業でも誰かと一緒にやるのは楽しいと気が付いて……

　なんだかんだ、僕は出会いに恵まれている。

「そう、なんですか……でも、私が本当にいてほしい人たちは忙しくて会えないんです。大好きなのに、お父さんも、お母さんも、大好きなんです…………わかっているんです、仕方ないことだって」

「そっか……」

「私もゲームは好きです。でも、最初は寂しさから気を紛らわせるためで……やっと見つけた好きな人も、寂しさを紛らわせるためで――」

「別にいいんじゃない？」

「――――え？」

「はじまりがどうあれ、結論を決めるには早すぎるって話。だって、君はまだ子供なんでしょ？　だったら、これからどうすればいいのかを考えればいいんだよ」

　悩んで悩んで、最後にハッピーエンドならそれでいい。

　終わり良ければすべて良し！

「不満をぶちまけてもいい。その好きな人に自分の考えを言ってもいいし、もうちょっとリラックスしてぶちまけたほうが気は楽になるかもよ？」

「そんな、無責任な……」

　泣きそうな顔で自分の気持ちを否定しようとしたこの子に、反論した。まあ、無責任な言葉であきれ顔になっているが、僕の言葉を否定したりはしない。

「そうだよ、お兄さんは無責任なの。基本、自分が楽しければいい人だからね――だから、これからお兄さんはゲームをしに帰ります」

「この流れでですか!? 普通、慰めたりとかは!?」

「それは君の好きな人に頼めばいいんじゃないかな? 普通、好きな人がいたらそうするよ」

「………そう、ですよね」

「うん。だから僕はこれでアディオス！」

そう言って、僕は公園から去って行った。ちらりと見た彼女の顔が何かに驚いた感じだったけど……まあ、悲しんでいるよりは良さそうだ。

「なんだかあの人――ううん、気のせいですよね」

これは、まだお互いの正体に気が付かなかった時の一幕。

梅雨の時期、とある晴れた日の出来事だ。

@@@

ログインすると見慣れた天井が見えた。村の家屋の一つ。一番大きいのを修復して使っている。

ここはハウジングシステムにより登録された僕の家の天井だった。

まあ、部屋が多いからアリスちゃんも間借りしているのだが……本格的に侵食されている。
家から出ると、アリスちゃんがまた上の空になっていたが僕の姿を見てこちらへ近寄ってきた。
「――――ダー、あー……」
「？　どうかしたの」
「なんでも、ないです」
「いよいよ明日イベントだけど大丈夫？　結局農家さんたちと4人で組んで参加するみたいだけど」
「大丈夫ですよ。問題ないです」
「そう……それじゃあ、はいこれ」
僕は彼女の手を握ってプレイヤー間のやり取りのためのメニューを開いた。すぐにトレード機能を開き、髭の鍛冶師（ライオン丸）さんと一緒に製作した武器を彼女に渡す。掲示板のみんなは渡すことで彼女が僕に今まで以上に懐いて引き返せなくなることを心配していたけど、僕が渡したいと思ったからそれでいいんだ。
本当はもっと早く渡せばよかったんだが、アリスちゃんの様子が妙だったから渡すに渡せずギリギリになってしまった。今日は大分マシだけど。
「え、これって……」
「前に埋め合わせしてほしいって言っていたでしょ。あと、まあ……ちょっと困ったところもあるけど、一緒に遊んでくれたお礼かな。なんだかんだ、一人より二人のほうが楽しかったからさ」

自分勝手な理由だけど、何かお礼をしたいと思ったから。この子の助けになる何かがしたかったから、そう思ったらいつの間にか行動していたんだ。

「――――」

アリスちゃんの瞳が揺れて、様々な感情が表れる。今、この子が何を考えているのかわからないが、一つ声をかけるならいい言葉が思い浮かんだ。

「やっぱり、ゲームは楽しんでやるものなんだよ。君と会ってから半月くらいだけど、僕は楽しかったんだよ。僕は基本、楽しければいい人だからね……アリスちゃんは、どうだった？」

「あ――楽し、かったです………ダーリン――ううん、お兄ちゃんと出会えて、一緒にゲームして楽しかったです。なんてことない、ただアイテムを集めたり、村のお家を直したり、畑の様子を見たり……ほんと、地味な作業ばかりで言葉にするようなことじゃなかったですけど……だれかと一緒に遊ぶのは楽しかったです」

「そっか…………だからさ、これからも一緒に遊ぼう」

「……はいっ」

@@@

アリスのお父さんとお母さんは忙しい人です。とても忙しくて、家を空けることが多いです。

それでも少ない休みにアリスとお話ししてくれますし、アリスも二人が大好きです。でも、やっぱり寂しいものは寂しいです。

その寂しさのせいか、学校にも悪い態度で通っていました。誰かに話しかけられても不機嫌で、がやがやと騒ぐみんなが嫌いで、家族と出掛けた話をしているのを聞きたくなくて——別に誰かにひどいことをしているわけではないです。でも、どこかズレているアリスは友達もできずに一人でした。

お母さんの弟——叔父さんがゲームを作る仕事をしていて、いろいろなゲームの話をしてくれました。そこからゲームを遊ぶようになって、ゲームがアリスの友達になっていました。

そんなアリスを見て、お母さんの紹介で近くの中国拳法を教えてくれる人のところに連れて行かれてアリスはたくさん習うことになりました。家の中にこもっているのはダメよと、度々怒られました……でも、学校と違うところならもしかしたら寂しくなくなるかもしれません。アリスは、いっぱいいっぱい頑張りました。

ですが、結局お母さんは悲しい顔になりました。アリスには、拳法の先生が言うには才能があるとのことで、強くなってしまったのです——それがいけなかったのです。最初は仲良くしてくれた道場の子たちも、アリスから離れていきました。

まるで、おばけでも見るかのように。

そんな時、アリスは叔父さんの作っているゲームの話を聞きました。

ゲームの世界に入って大冒険、これがアリスの求めているものだと思ったのです。そこでなら、おかしなアリスも受け入れてくれる。そう思えたのです。

ゲームは叔父さんがくれましたが、アイテムを買うのに本当のお金を使うことができないようにされました。まあ、理由はわかるのです。いくらおかしなアリスでもそのぐらいは。

でもゲームを始めてすぐ、後悔しました。だって、おばけが!?　ゾンビが!?

失礼、取り乱しました。

すぐにキャラクターを作り直してログインしても周りは真っ暗でまたおばけが!?　と思っていましたが、明かりが見えたので先に進むと……他のゲームで見た、酒場？　みたいな部屋があったのです。

そこで、彼と出会ったのです。最初はただ寂しいから一緒にいました。

笑った顔が可愛いと思ったのも本当です。優しくなでられるのも好きです。心が彼を求めていました――でもやっぱり、アリスにとっては寂しさを紛らわせるだけの、一人が嫌なアリスの……おかしなアリスのわがままだったのかもしれません。

「――今、アリスは絶好調です」

「ふーん、良い顔になったわねー」

「お姉さん、やっぱりお姉さんは少し苦手です。服のことはありがとうございます。でもやっぱり、アリスは嫌な子だって言われるのは苦しかったです」

「そこまで言っていないんだけどなー」

「同じこと、です」

今アリスが身に着けているグローブはお兄ちゃんがくれたもの。お兄ちゃんが友達と一緒に、アリスのために作ってくれたものです。

アリスの炎の魔法のＭＰ消費を抑える赤いルビーと、魔法攻撃力が上がるようにとても手に入りにくいミスリル銀で作ってくれた【星空の鉄拳＋10】、できる限り性能強化されたそれはお兄ちゃんたちがアリスのために使ってくれた時間の結晶です。

あと、本当に苦手ですが、ディントンさんが作ってくれた【白鳥のドレス】、甘ロリ？って言うんでしたっけ……そんな感じの、正直アリスは苦手ですが、性能が良いだけに文句が言えないです。貰った時、なんかよだれ垂らしていたのが気持ち悪かったですが。

「…………お姉さん、これ最初に着た時に変な息していましたけど、いわゆる変態じゃないんですか？」

「んー？　今頃気が付いたのー？」

「うわぁ……」

「ディントン殿、幼女相手になにを言い出すのでござるか」

「そうでござるよ。というか、拙者も守備範囲なんでござるね……なんでござるかこのカラフルなくノ一衣装は。花魁じゃないんでござるよ」

「可愛いわよー桃子ちゃん」

「よだれ垂らしながら言わないでほしいでござる。背筋が冷える」
正直、一人で戦ったほうがいい気もしましたが……仕方がないです。
たぶん、一人じゃ限界があるのです。ゲームの腕には自信がありますが、一人で遊ぶような人たちと戦っても体力が持ちません。この手のイベントに一人で出てくるようなプレイヤーは、ここぞとばかりにスゴイ集中力を発揮するから、アリスには不利です。
「今回のイベントはいかに多く勝利できるかがポイントよー」
「まさか炭鉱夫殿が不参加とは……結局、古代兵器のパーツはいいのでござるか？」
「絶対に手に入れるです。まだちゃんと、お礼も言えてません。お返しもできていません……パーツだけなら受け渡しはできるのですよね？」
「ええ、交換不可じゃないのは確認済み」
「ならいいのです――アリスも欲しいものはありますし、この武器のお礼もしたいです……だから、根こそぎ持っていく勢いで、暴れますよ！」
ＰＶＰイベント、パーティー部門。【炭鉱夫】のアリス、【仕立て屋】のディィントンさん、【サムライ】のよぐそとさん、【忍者】の桃子さんの４人で組んだ即席パーティー。
チームプレイなんてよくわからないです。でも、今アリスは一人じゃありません――どこかおかしいアリスでも、お兄ちゃんはそのままで受け止めてくれました。
ちょっと癪ですし、何か乙女的な勘が危険って言っているディィントンさんも、ぶつかってくれました。やっぱり苦手ですけど。

よぐそとさんと桃子さんも、お髭のドワーフさん――ライオン丸さんも、当たり前のように一緒に遊んでくれます。

「今のアリスは、負ける気がしません！」

「んー、そのセリフはちょっと不安だぞー」

@@@

「ところでよー、ロポンギーの旦那ぁ」

「あらたまってどうしたんだい、ライオン丸さん。キャラがブレブレだぞ」

「今更の話だな。別にそこまでこだわってロールプレイしているわけじゃねぇから。本題に戻るが、本当に良かったのかい？　あの子、今まで以上に懐くぞ」

「たしかに、これからが大変だろうね。ちょっと早まった気はするけどさ……たぶん、誰かが受け入れてあげないといけないんだよ」

本当にどこかで決定的に間違えてしまう前に、誰かが受け入れてあげなくてはいけなかったことだ。親だろうが、友達だろうが、誰でもいいから。あるいは、間違っていることを指摘してくれる誰かが。

「本当は自分でもわかっていたんだろうけどね。でも、自分じゃどうにもならないことってあるじゃない？」

「ま、わかるけどな。ロポンギーはちょぃと大人びすぎていないか？」
「それもまた個性だよ」
「それもそうか…………ところでよぉ、いい加減目をそらすのやめたらどうじゃ？　あれ、お前の嫁じゃぞ」
「ま、まだ嫁じゃないし。このゲーム結婚システムないし」
「…………夏の大型アップデートで結婚システムを実装するんじゃないかという話があるんじゃが」
「ソースは？」
「お好み焼きが好きじゃな」
「僕はたこ焼き……じゃなくて、情報源を聞いているんだよ」
「お茶日なジョークじゃよ……まあ、ゲーム雑誌のインタビューじゃな。今後こういったものを考えていますよーというインタビューでプロデューサーが言っておった」
「マジかぁ……でも、考えている段階ならまだだと思うけど」
「たしかにのう。早くても秋、いや冬ごろかの……年貢の納め時が少し延びただけじゃ。どのみち、保護者みたいなもんなんじゃからなんとかせい」
「あそこまで圧倒的だと思わなかったんだよ。プレイヤー相手でも容赦ねぇなあの子」
僕たちが再び画面に目を向けると、コロッセオ内で暴れ回る幼女が見えた。メニュー画面からニュースのページに移動し、そこからイベント中継を見ることができるのでこうして鍛冶師のライオン丸さんと一緒にアリスちゃんたちの活躍を見ていたのだが……

『ぶっ飛ぶです！』

『速すぎるんだけどあの幼女!?』

『ちょ、やめ――ああああ!?』

『アリス殿！　少しは加減するべきではないのでござろうか!?』

『遊ぶ時には常に全力で楽しむ、そうですよねお兄ちゃん！』

『炭鉱夫殿おおお！　一体何を言ったでござるかぁああ!?　この子アクセル全開でござるよ!?』

『アイムウィナーです！』

『これで8連勝ね。幸先良いわー！』

『……ディントン殿、それでいいのでござるか？　なんか今、某たち幼女におんぶにだっこな大人3人の図でござるが』

『別にかまわない。私は見た目幼女だから……ごく一部を除いてー』

『その乳もぐぞ』

くノ一さん、荒れているなぁ……というか農家さんもなんでくノ一さんの胸を見て勝ち誇った顔をしたんだよ。煽っているんじゃないよ。

人は自分にないものを求めるからか、くノ一さんが親の仇を見るかのように農家さんの胸を凝視しているし、大丈夫なのかこれ？

「これは、今回のイベントハイライト決まったのぅ」

「だな」
「あと、農家さんは20過ぎなの有名じゃから結局ごまかせてないんじゃが」
「あとでいじってやろう。せめて笑い話にしてあげよう」
向こうも【プリズンブレイク】が【一発屋】の上位互換なの煽ってきたからお互い様だよね？
「笑えないんじゃよなぁ……すでに実況スレでは空飛ぶ幼女とか最終兵器幼女とかいろいろ言われているんじゃが」
「うわぁ……やられた人たちのコメントもすごいな。気が付いたら光の線が目の前を横切って、自分がキラキラした粒子になっていたとか、戦闘開始の合図とともに壁に激突していたとか」
「受け入れるんじゃろ？　ほら、受け入れるんじゃろ？」
「なんで煽るんだ……あくまでも、一緒にゲームを遊ぶだけだし」
「…………昔、とあるVRゲームがあった」
「いきなりなんだよ」
ライオン丸さんは厳かに語り出したが……何の話をするつもりなのか。
「当時は単にヘッドマウントディスプレイ[※76]とコントローラーで遊ぶ、ただそれだけの代物じゃった。今のようにNPCを最低限自立行動させるだけのAIも容量が大きくなりすぎるため使えず、大勢の人が広大なフィールドで遊ぶだけの代物じゃったそうだ……」
「ドラマチックワールドオンライン、だっけ？　両親から聞いたことあるよ」
最初期の直撃世代って聞いたことがある……他にもいろいろと。

【※76】ヘッドマウントディスプレイ。頭に装着するディスプレイ装置のこと

「ほう、知っておったか。ＮＰＣもいないため、アイテムの売買は自動販売機みたいなゴーレムで行い、モンスターのＡＩは何とか実装できていた代物」

「運営が雇った劇団員とか、経験を積むために新人の役者さんや声優さんとかがログインして、ゲーム内のキャラクターに扮してプレイヤーたちと壮大なロールプレイを行う、ってゲーム……もう10年も前にサービスは終了したそれがどうかしたか？」

「……ゲーム、たかがゲーム。されどゲーム。役になりきって遊ぶ場だったとはいえ、会話していたのは生身の人間じゃった。多いそうじゃよ？　あそこで出会って結婚した人は」

「……………知っているよ」

それはもう、身に染みるほどに。

「おや？　魔女さんのことすでに知っておったか」

「え、あの人もそうだったの」

「それは知らなかったということは……他にあのゲームがきっかけで結婚した知り合いが？」

「あー、あー…………うちの、両親だよ」

「…………ぶふっ」

「笑われるから言いたくなかったんだよ！」

「それだけじゃと苦笑いなんじゃが……だって、今まさに両親と同じ道歩いているでは――ッダメじゃ、腹筋がよじれる」

「ああもう！　この話に関してはホント言われたくないんだって！　結局僕もネトゲにハマって

いる時点で人のこと言えないのは分かっているし、アリスちゃんのこと放っておけなかった時点で自分に流れる血を感じていろいろ複雑なんだよ！」
「思春期じゃのぉ」

@@@

イベント開始から結構時間が経った。とにかく勝利数を稼ぎたいアリスたちは速攻で決着をつけてきましたが……目立ち過ぎたのかちょっと厳しい場面が続いています。
「ディントンさん、横から魔法来ています！」
「チョッキン、アハッ」
「なんでござるかその掛け声……」
血糊の付いたハサミ（正直近寄りたくないです）でディントンさんが敵を切り裂き、よぐそとさんがサムライのスキル『居合斬り』でカウンターを決めていく。桃子さんはアリスたちに隙ができた時にフォローするため、後ろからクナイで援護してくれている。
「分かっているでござるな！　ＰＶＰ終了後に使用アイテムの個数が戻るとはいえ、一試合ごとには使用できる回数制限がある故、長引くと不利でござるよ！」
「某とて、わかっている――刀は高威力でござるが、耐久値が低い故それもぉぉぉ!?」
カウンターの体勢に入っていたよぐそとさんの前に大男が現れました。

ショートジャンプスキル。魔法使い系のスキルの一つで、アリスもできれば使いたいと思っていたものの一つ。叔父さんには魔法使い系で使えるとだけしか教えてもらっておらず、そのうち探そうと思っていたもの。

効果は、本当に短い距離をテレポートするスキルです。

大きな盾を持っていたので、みんな戦士系の職業だと思っていましたのですが――

「盾を持っているのに魔法使いですか!?」

「ちょっと!? 初見殺しは酷くない!?」

「うるせぇ！ お前らが言えることじゃねぇだろ職業詐欺軍団！」

「失敬な！ よぐそと殿と拙者は見た通りでござるよ！」

桃子さん、そういうことじゃないです。あと、よぐそとさんは居合斬りでカウンターを決めようとしていたところに盾を持ったプレイヤーさんが割り込んで更にカウンターを決めたせいで消えてしまいました……ああ、きれいなポリゴンが舞っているです。

「幼女ちゃん、気は引けるけど――これでトドメよー！」

「ッ」

口から、浅い息が漏れます。アリスに攻撃が迫っていますが――集中です。集中するのです

……まるで時間がゆっくり流れるように感じ、周りの音が聞こえてこなくなりました。

向こうでディントンさんが、敵パーティーの一人を閉じたハサミで殴り飛ばして盾を持ったヒトにぶつけていました。咄嗟に盾のプレイヤーさんが防御したせいで、消えて……同士討ちさせ

るってエグイですね。

桃子さんは……盗賊っぽいプレイヤーさんと相打ちになってますね。これで2対2。

「まだですッ！　『バーストフレイム』！」

「炎系の無差別攻撃魔法!?」

両手足から炎が噴き出て、周りを巻き込みます。もしもどうにもならなくなったら使う最後の手段。あの盾の人が魔法を使ってきたので動揺してしまったのが痛かったです。

それがなければ、この手は使わなかったのですが……

「【仕立て屋】奥義スキル『裁断・極』――からの、『チョッキン』！」

ディントンさんが『チョッキン』というワードで登録したスキルは【仕立て屋】の基本スキル『裁断』。ただ、ハサミでモノを切るスキル。そこに加えたのが奥義スキルの一つで、ハサミにあらゆるものを切れるという性質をつけるモノです。魔法も切り裂けるという、とんでもない代物です。まあ、普通はあんな大きなハサミを使っているプレイヤーさんはいないですが。

これでアリスを倒そうとしていたプレイヤーさんは逆に倒してやりました。あとは、盾で防御したお兄さん一人です。

「アサミンがやられた!?　……ってことは、残りは俺一人？」

「です」

「はーい、おとなしくやられてねー。時間がもったいないし」

「…………や、やってやらぁ！」

まあ、ネタがわかっていれば怖くはないのです。カウンターがバレていれば先手必勝でしょうし、防御力の低いアリスを狙うでしょうから……たぶん背後に来ますね。

ショートジャンプでアリスの死角に入った盾の人をジェット移動で更に後ろをとって、頭を摑みます。

「な――!? あの魔法はかなりMPを使うんだぞ!?」

「はい。でもアリスのこのグローブは炎の魔法のMP消費を抑えてくれます。ですので、あと一発くらいはいけるです」

そのまま、彼の顔面を地面にたたきつけてアリスたちの勝利です。

「ふぅ……残り時間、どれくらいですか?」

「もう終わりかなぁ」

「イベント3時間で25勝ですか、もうちょっと稼ぎたかったですね」

「いやいや、十分な成果だから。特に最初のほうはアリスちゃんがジェット噴射で一気に4タテ[※77]して瞬殺だったじゃないの」

「それでもです」

欲しいアイテムと、お兄ちゃんへのプレゼントと、あと……今回手伝ってくれたみなさんへのお礼も。まだ、そのことを素直に言うのは難しいですが。それにディントンさんにお礼を渡すのはなんか微妙な気持ちになるのです……でもまあ、感謝はしているです。

この人にだけは絶対に言いませんが。

【※77】4タテ。単独で4連続で相手を倒すこと

【進撃の幼女】イベント座談会19【俺らは死ぬ】

126.名無しの盗賊

イベント開始前は炭鉱夫さんが参加していないと聞いて、爆殺されずに済むと思っていました
始まってみれば、空を飛ぶ幼女に瞬殺されていました

127.名無しの騎士

あの幼女強すぎねぇか!?
チートじゃないだろうな？

128.名無しの魔法使い

チートじゃないんだよなぁ……現に、１回だけ倒せている組がいたし

129.名無しの武闘家

格闘系スキルを使っている人はわかるけど、スキルのおかげで無茶な動きにも対応できている。この幼女、目線はハッキリと目標を認識したうえで攻撃しているんだぞ……俺らが、目線を合わせるのも精一杯なのに
しかもなんで魔法系スキルだけで戦えているのか

130.名無しの演奏家

いや、ナックル系も使っていたぞ。職業【炭鉱夫】だけど

131.名無しの戦士

結局炭鉱夫一門なんだよなぁ……サムライにくノ一に農家さんで

132.名無しの盗賊

倒せている組の動きを参考にした人たち、対策とられていて草w

133.名無しの剣士

後半のほうどんどん動きが洗練されていってるんだよなぁ……こう、戦いの中で成長している
動きもリアルで経験ある動きっぽいし、たぶんリアルでも相当強い

134.名無しの演奏家

才能かー、うらやましい

135.名無しの盗賊

リアルでもジェット噴射するのか!?

136.名無しの炭鉱夫

んなわけあるかいw

137.名無しの釣り人

なんでだw

138.名無しの演奏家

職業【炭鉱夫】が来ると、炭鉱夫さんかと思って身構えてしまう

139.名無しの炭鉱夫

気持ちはわかるけどさすがにサービス開始から2カ月も経っているんだから、あの人以外の【炭鉱夫】も大分増えたよ。普段は別の職業だけど、今はたまたま鉱山にもぐっている

140.名無しの陰陽師
炭鉱夫さんが初期にあれこれやらかしたせいで、変な職業増えたよなぁ……

141.名無しの盗賊
つっこまないからな

142.名無しの錬金術師
もう今更である。結局なぜ炭鉱夫さんの周りには変な人とか尖った人が集まるのか

143.名無しのネクロマンサー
類は友を呼ぶと言いますから～

144.名無しの踊り子
類友でしょうね

145.名無しの演奏家
有名人スレで情報更新されていましたね、『最終兵器幼女』の名と共に

146.名無しの盗賊
結局それで決定なのか……

147.名無しの盗賊
あれ？　でもその子種族変更するつもりだったから、たぶん今より大きくなるわよ

148.名無しの演奏家
なん……だと

【炭鉱夫一門】イベント座談会21【どいつもこいつも】

450.名無しの忍者
なんでこうもあそこのスレの連中はおかしいのばかりなのか
一昨日のパーティー戦のスレでの幼女ちゃん、昨日のソロ戦のやべぇ奴ら
……どうしろと

451.名無しの剣士
例の幼女ちゃん組がパーティー戦4位、上３つもヤバかったけどあの組が特に目立っていたな

452.名無しの錬金術師
まあ上３つは何時間ログインしているんだよって奴らだったし
その分見ていて殺伐とし過ぎていてつまらなかったけど

453.名無しの剣士
幼女ちゃんたちフルスロットルで目立ち過ぎたのがなぁ……すぐに対策立てられたから

454.名無しのサムライ
まあそれでもさらに強くなるんですけどね
でも動画のおかげでサムライの立ち回りがわかってよかった

455.名無しの魔法使い
幼女ちゃんのマネしてジェット移動試したけど、なんでまともに動けるんだ……
バランス崩すとすぐに錐(きり)もみ回転してあらぬ方向に飛んで行って死ぬんだ

けど（笑）

456.名無しの花火師

ベヒーモス戦の炭鉱夫さんを参考に爆撃戦法試してみたけど、投げてるヒマねぇわ

457.名無しの忍者

怪盗さんの動き参考にしているんだけど、なんであんなに高く飛べるのか……

458.名無しの僧侶

探偵が強すぎるんだが……スキル系統が全くわからない。[※78]バリツってなんだよ

459.名無しの錬金術師

炭鉱夫一門はあまり深く考えないほうがいい

460.名無しの盗賊

考察班とか検証班とかがいろいろ試してわかっている範囲で答えるね
>455はプレイヤースキル必須。あと、使用機器が最上級ぐらいじゃないと微妙なラグでコントロールがきかなくなる
>456は要練習。あと、動画で見たけどお前タイマンでやったやつだろ。爆弾戦法は対人戦には向かない上にタイマンはなお無理だ（炭鉱夫さんはできるかも）
>457は筋力値参照の短距離ダッシュ系のスキルを取得すればいけるかも。成功例が大体これ

【※78】バリツ。シャーロック・ホームズの使う謎の武術。一説には柔道ではないかと言われている

461.名無しの剣士
探偵は炭鉱夫さん以上に謎だからなぁ……
あの１回だけでやらかした炭鉱夫さんだけど、意外とやった戦法の再現は可能という

462.名無しの騎士
メイン武器槍で、貫通攻撃の奥義習得したんだけど投擲（とうてき）と組み合わせられるし、なんなら殴り飛ばすのもできたんだよな
あの状況でやって成功させるから変人扱いされるわけだが

463.名無しの演奏家
結局、探偵は何なの？　廃人連中と遜色ない強さなんだけど

464.名無しの武闘家
探偵は諦めろ。というかアレも廃人枠だから。じゃなきゃ３位なんて取れないって

465.名無しの盗賊
PVPイベントソロ部門勝利数
１位、怪盗
２位、旅人（ニー子）
３位、探偵

…………上二人も廃人枠だっけ？
結局炭鉱夫一門じゃねぇか

466.名無しの剣士

怪盗は廃人ってわけじゃないけど、対人戦のエキスパートだから。王都とか帝国領あたりだと大体衛兵に追いかけられたり戦ったりしているからスキル使われた際の対策ができている
ニー子は廃人じゃん

467.名無しの剣士
まあ、ニー子は基本ダンジョンに籠もってレベル上げしているような奴だから
あと唯一の古代兵器持ち

468.名無しの武闘家
ニー子は古代兵器があるからな。銃はきついって。数発しか撃てないとはいえ、こっちからしたらたまったもんじゃない

469.名無しの盗賊
古代兵器なら炭鉱夫さんも持っているし、なんなら幼女ちゃんも持っているんじゃ……

470.名無しの錬金術師
古代兵器にも当たりハズレがある。二人のはどっちかというとハズレ
高威力の防御力貫通武器だけど起動制限時間が極端に短いという欠点があるし、まだ修復第１段階だから実戦にはとても使えない代物
ニー子のはハンドガン型の遠距離武器。制限時間ではなく、弾数型。しかも修復第５段階だからそこそこ強い上にエネルギー回復も早い

471.名無しのサムライ
ところで、シザーウーマンについてはなにか言うことは？

472.名無しの忍者

いや、やっぱり炭鉱夫一門なんだなとしか

473.名無しの盗賊

あのハサミ、たしか攻撃力は高いけどなにかデバフ[※79]かかる代物じゃなかったかなぁ
他に手に入れた人がいるけど、使いどころがないとか言っていた

474.名無しの釣り人

滅茶苦茶強いんですが……あの奥義なんなの

475.名無しの魔法使い

【仕立て屋】の奥義スキルなのは間違いない。動画見た限り、魔法を切れるようになるものっぽいけど

476.名無しの剣士

オレ、同系統の奥義持っているからわかるわ。破壊可能なものなら何でも切断できるようになる奥義スキル。ただ、【剣士】の場合は消費MPがえげつないからセットしていないけど

477.名無しの武闘家

そもそも奥義スキルについてよくわからない

478.名無しの釣り人

職業ごとに設定された目標を達成することで取得できるのが奥義スキル
武器ごとに一つだけセットできて、発動すると武器が変形したり特殊な効果が発生する。単体だけだとそれだけで、さらにスキルを組み合わせるこ

【※79】デバフ。一定時間ステータスダウンする効果のこと

とでいろいろなことができる
一番多い取得条件は武器などの習熟値、もしくは取得経験値

479.名無しの釣り人
なお、取得条件が難しいほど強力になるみたい
あと生産職とかそれに類するものは取得条件が他の職業より楽
ただし、あくまで武器にセットするうえ取得した職業じゃないと使えない
たとえば俺は、釣り竿の奥義スキルを持っているが……正直どう使えというんだこんなものって感じ

480.名無しの剣士
生産職の奥義とは……いや、ドリルはそれっぽいなぁとは思うけど

481.名無しの炭鉱夫
ドリルはロマンだから。ひたすら石炭掘りを続けていてもドリルは手に入らなかったけど……ピッケルだと、『解体・極』だったんだが
たぶんシザーウーマンと同系統の奥義。当たったものを最小の形に分解するとかいう効果。鎌スキルと組み合わせると優秀

482.名無しの炭鉱夫
ドリルはスコップからの派生だから。スコップの習熟度なのかスコップ使用時の取得経験値かはわからないけど、とにかくスコップを使い込むのが条件
スキル名は『マジックドリル』だ。意外と使い勝手良くて笑う。まあ、結構MP持っていかれるし、戦闘に耐えられるスコップ少ないからあくまでネタでしかないけど

483.名無しの盗賊
ネタ奥義を実戦で使えるあの人たちは何なのか

484.名無しの剣士
明らかに普通の装備じゃないからだろ。なんだよ剣先がダイヤのスコップと血糊がついた巨大バサミは

485.名無しの魔法使い
発想の転換だった。杖にまたがってなおかつバトルブーツで姿勢制御すればまっすぐに飛ぶことはできるんだ！

486.名無しの魔法使い
消費MPは？

487.>485
>486
すぐ枯渇する！

488.名無しの魔法使い
まあ、そうなるな
幼女もMP消費抑える装備使っていたみたいだし

489.名無しの盗賊
結局、一般人は普通に遊ぶのが一番だね

490.名無しの剣士
と言いつつ、試してみる俺らであった

491.名無しの盗賊

自由に空を飛びたいからな

@@@

イベントも終わって数日が過ぎた。そして、いつも通りの日々が戻った……とはちょっと言えないかな。幼女が炎の魔法によるジェット噴射移動を見せたり、それを元にいろいろな人が検証した結果短い距離だけど飛んで移動する方法が確立した。

あと、アクア王国のルートもわずかながら発見されたことで隣の島にはプレイヤーたちが見られるようになったのだ。

僕自身も飛んでいけば教会にたどり着けるんだけど、ちょっと別の問題が発生したので先にそっちについて対処している。ディントンさん（服屋農家）、ライオン丸さん（髭の鍛冶師）、よぐそとさん（サムライブルー）、桃子さん（くノ一）がそのまま村に居ついたのがフラグになっていたのだろう。というより、全員で一気に村の修復ととりあえず畑を使用可能レベルにした（ディントンさんが【仕立て屋】の時に使う綿花を植えまくった）せいだったのだ……あと、僕の受けていたクエストの関係もある。

たしか、４人が住み着いて４日ぐらい経った日のことだ。

@@@

素材集めにアリスちゃん、よぐそとさん、桃子さんの戦闘メインの３人が向かい、僕とライオン丸さん、ディントンさんで建物の修復に必要なアイテムの製作をしていた。

流石に村に住むようになってからはみんなのことをプレイヤーネームで呼ぶようになった。僕自身はベヒーモス戦の時にはイベントでの移動以外だとなかなか会わないだろうとか思っていたからあの時はあだ名みたいな呼び方だったけど。

「しかしそれにしても……村長君、アリスちゃんのこと本当にいいのー？」

ディントンさんが僕にそう聞いてくる。あとこの人たち、実質的に僕が村の運営しているからって人のこと村長と呼び出したのはどうにかならないのか。２日目あたりでスルー決め込んだけどね。

「何がです？」

「あの子、根っこの性格が変わったわけじゃないからいつか本当に言い寄ってくるだろうけどー、それでもいいのかなーって」

「そうじゃのう。そのあたり考えておるのか？」

「うーん……別に大丈夫だと思いますよ。だって、あの子はちゃんと折り合いをつけたじゃないですか」

あの時、ダーリンではなくお兄ちゃんと呼び直した。内心がどうあれ、僕に対してそう言い直しただけでも彼女は成長したのだ。今はそれで十分だろう。

「君は不思議よねー。子供っぽかったり、ふとした表情は大人っぽく見えたり……どっちが本当の君なのかなー？」

「どっちも僕ですよ。そもそもどっち、なんて分ける必要はないんです。矛盾していようがごちゃ混ぜな内面が、一番人間らしいんですから」
「それもそうかもしれないわね」
「じゃな――ところで、作業は進んでおるのか？」
「あはは……レンガを大量に作るの本当に面倒」
「そうねー。素材回収班のみんな早く帰ってきてほしいわー。私、あっちについていきたかった……アリスちゃん、もう少しお着替えしてくれても良かったのにー」
「僕、アリスちゃんよりこの人のほうが問題児だと思うんだ」
「そうじゃの。よだれ垂らしながら小さい女の子に迫っていたのは犯罪的じゃったの」
　アリスちゃんも何か負い目のようなものを感じているのか、ディントンさんが大量の服を着せ替えてくるのを拒みきれずにいたのだ。大量の衣服に着替えさせられているのは哀れだった。ゲームだから一瞬で着替えられるとはいえ疲れただろうに。最後のほうなんて目が死んでいたぞ。
　アリスちゃんが気に入ったものをプレゼントするという話だったが、最終的にアリスちゃんが格闘主体で戦うことに合わせて拳法着を渡したところで終わったが。彼女の趣味にも合っていたようだし。性能的にかなりガチで作ったようで、アリスちゃんには最初からその拳法着を渡す予定だったみたいだけどね。つまり、他の衣装は彼女の趣味でしかなかった。
　アリスちゃんがディントンさんを警戒するのも頷ける。面倒見はいいし、常識人にも見えるが内面はけっこうハチャメチャなところがある。村にやってきたとき、僕とディントンさんの間に入って睨むように警戒していたからなぁ。

そんな僕の遠い目を見たからなのか、ディントンさんは話題を変えてきた。

「レンガが大量に必要になるわね……ねえ、他に必要な素材ってなんだっけー？」

「建物を直す用のレンガが大量に必要。まあ、今やっているけど」

「あとは施設ごとの専用アイテムとかじゃな。鍛冶場なら金床なんかが必要になるんじゃけど

……まあ、そのあたりは既に用意してあるから大丈夫じゃろう」

僕が大量に集めていた鉄鉱石を大放出した。ライオン丸さんが元々いた拠点に戻り、素材を投入して必要なアイテムを製作して戻ってきて、村に設置したり修復に使ったりしていた。

おかげで、村の修復率も8割超えたのだ。あとは特殊なアイテムが必要になっている教会の修復だけ時間がかかりそうというぐらいなんだけど……

「民家のことすっかり忘れていたのはマズかったね」

「これが直らないとワシらの住む家がないんじゃからの」

「個人で使える大容量倉庫、欲しいわよねー」

特にこの二人は自分でアイテムを作るので素材集めでいつの間にか倉庫がいっぱいになってしまうのだとか。課金して倉庫を拡張する方法もあるのだが、設備の整った拠点を作れるのならそちらを優先するだろう。

「ただいま戻りましたー……お兄ちゃんたち、まだレンガ作っていたですか？」

「うん、こういう地味な作業って疲れるよね」

「それはそうでござろう。というか、オンラインゲームに限らずこの手の作業ゲーは地味なものであろうに」

よぐそとさんが呆れた声でそう言うが、だったら自分たちもやってみればいい。

「なにやらよくない気配を感じるでござる」

「拙者たち、製作スキル持っていないでござるよ？」

「あ、アリスは――ごめんなさい、持っているです」

「1名様ごあんなーい」

「キャー」

「喜んでいるでござる。この子、村長殿に手を引っ張られているから喜んでいるでござるよ」

「いいところに来たわねー、さあ、レンガ作りマラソンの開始よー」

「ギャー!?」

ディントンさんに捕まり、和風コンビもレンガ作りへ。そもそもレンガって特定素材を集めると勝手にレシピ解放されるからスキルいらないし。

結局そのまま30分ほどみんなでせっせとレンガを作っては壊れた民家へ投入していくこととなったわけである。はたから見ると、目の前に浮いているウィンドウをポチポチと押しているだけの地味な絵面だったから、さぞシュールな光景だったことだろう。4日間ほとんど同じ光景が続いていたわけだが。

「終わったでござるなぁ……疲れた」

「そうじゃの、しばらくワシもレンガは嫌じゃぞ」
「あとは教会の修復じゃな……そっちは神様の像とか、専用のアイテムが必要じゃからどこかで入手する必要があるが」
「追々考えていこう。少し休憩――ディントンさん。何やっているの？」
一段落ついた、そんな時だった。ディントンさんが前に修復した畑の前で何かを準備し始めたのは。
「アリスちゃんの着せ替えに、大量の布を使っちゃったからねー。だから、補充するのよ。ほら、みんなの分の防具も作ってあげたじゃない？　だから、手伝え」
「ヒッ、目がマジだ」
「怖いでござる……血糊の付いたハサミ怖いでござる」
「ほとんどディントンさんが押し付けたようなものだったはずですのに」
「この人、欲望のためには無茶をするからのう」
「やればいいんでしょやれば」
実際、今までより装備が格段に良くなったのはディントンさんのおかげだが。武器はライオン丸さんだけど、素材の大部分は僕が集めていたし共同でやっていたようなものだ。
だが、防具はディントンさんが今まで作った布を消費して作られていた。
その布も、【農家】のスキルで作っていた【綿花】から作られている。
「というわけで畑の整備と植えるの手伝いなさい」

「口調がいつもの間延びした感じじゃない、マジなヤツだよ……」
「ほら、きびきび動く！」
「植えるポイントに近づいてウィンドウ操作するだけじゃのに、きびきび動くも何もないんじゃが」
「口より手を動かすのよ。苗は用意してあるから、さあ早く！」
「綿花って……苗だっけ？」
「現実ならともかく、ここゲームじゃし」
「それもそうか」
そもそも武器を作るのや建物の修復に鉄鉱石そのまま使っていたから今更か。
そんなわけで、みんなで綿花を植えまくっていたところ――畑の名称が綿花畑に変わった次の瞬間だった。
僕の目の前にウィンドウが現れたと思ったら…………職業が【農家】から【村長】になったのだ。
「え、何事!?」
「なんじゃ、その素っ頓狂な顔」
「いや……なんでか知らないけどクエストクリアの表示が出て――職業が【村長】になった」
「…………やっていること、村長じゃよなとは思っておったし、ワシらもそう呼んでいたがついにシステムに認められたか」

「これ、【炭鉱夫】の時と同じパターンね――ぷふっ」
「結局やっていること同じでござるよなぁ」
「ドンマイでござる……ダメだ、腹筋が砕けそうになるッ」
「笑ってんじゃないよッ」
「お兄ちゃん、落ち着くです！　暴れないでくださいです！」

アリスちゃんがそう言って、僕を羽交い絞めにして抑え込む。ええい、放すのだ。僕だって好きでそういう伏線回収なことやっているわけじゃないんだ。そういう職業仕込んでいるこのゲームが悪いのだ！

ちなみに、農家や炭鉱夫などに対応する生産職系上位職であるこの職業、自分の村を手に入れてしまったことで転職したらしい。以前強制的に受注したクエスト――村長の幽霊の件で、すでに村は僕のもの扱いだったのだが……この綿花畑が正式に村としての判定を受ける最後のカギとなったわけだ。

これは余談だが、クエストクリアの画面でそもそもの発生条件が対象の生産職で奥義スキルを手に入れていることだというのが判明した。奥義スキルが条件かなとは思っていたんだけど、一つ疑問があったのがこれで解消されたのである。

道理で僕のほかに奥義スキルを使えるはずのディントンさんは発生しなかったわけだよ……【仕立て屋】は対象外で、【農家】は奥義スキル覚えていなかったもんなぁ。

@@@

時は戻って現在、僕は過去を振り返っていたからか、遠い目をしていた。
「なんでこうなったのかなぁ……」
「まあいいじゃないですか、それより魔女さんでしたっけ？　到着したらしいですよ」
『魔女は奥様』さんことみょーんさん。本当はもっと早く来るつもりだったらしいが、他にもやることがあってようやく到着した。
他にも『エルフの錬金術師さん』ことめっちゃ色々さんが昨日村に到着して住み着いている。
まあ、その時は僕しかいなかったから他のみんなはまだ対面していないが。
「もう着いたのかー、素材目当て舐めてたわ」
「ですね。あ、時間があったら地下の遺跡も行きたいです！」
「それもいいなぁ」
「それじゃあ、迎えにレッツゴーです！」
そう言って、アリスちゃんは朗らかに笑って外へ出て行った。この前とは違い、僕よりほんの少しだけ低い背に桃色のネコミミと尻尾を生やした姿で。
イベントの後、結果発表が行われてすぐアリスちゃんはイベントで手に入れたポイントを使って様々なアイテムを交換した。横から見ていたが、自分の欲しがっていた【転生の実】を最後に交換していたから肝が冷えたけどギリギリ足りたらしい。

交換したアイテムの一部を……まあ古代兵器のパーツと専用のエネルギー缶を貰ったが、さすがに断ろうとしたけど半ば無理やり押し付けられた。

『一緒に遊んでくれたお礼です、あとこれからもよろしくお願いしますお兄ちゃん！』

ディントンさんたちにはああ言ったけど、その呼び方が少しだけ寂しかったのは僕だけの秘密だ。でも、これで良かったのだろう。

僕にアイテムを渡した後は、お世話になったお礼にとライオン丸さんたちにもアイテムを渡していた。まあ、ディントンさんに渡した時だけはかなり渋い顔をしていたそうだが……いったい二人の間に何があったのだろうか？　アリスちゃんが彼女を警戒しているのと何か関係があるのかもしれない。

そしてその後、アリスちゃんは【転生の実】を使って種族をフェアリーからケットシーに変更した。背丈が一気に伸びたあたり、めいっぱい身長を伸ばしたらしい。本人曰く成長期だからむしろこれでも足りないくらいだそうだが。あと、願掛けとも言っていた。気にはなったが、これについては教えてくれなかった。まあ、別にいいけど。ただ少し寂しい。

「お兄ちゃん！　みんな集まっていますよ！」

「わかった！　すぐに行く！」

「まず古代兵器を取りに行くでござる！」

「いや、宝石が先よ！」

「私的には爆薬を揃えたいのですが……」

「錬金術師殿いつの間に到着したのでござるか」
「なんか一気に大所帯になっちまったな」
「それじゃあ村長、行きましょう」
「……ふふっ、そうだね。行こうか！」

僕たちの冒険は、始まったばかりだ！

なお、このセリフに関してそれダメなヤツと全員に言われたのは言うまでもないだろう。

@@@

お兄ちゃんはたぶん気が付いていません。あの時、公園でアリスとお兄ちゃんが出会ったことに。でも、彼がこのことに気が付いていないのならアリスもそれを言葉にしないことにしました。
アリスは寂しくて、心の穴を埋めようとしてアレコレやり過ぎてしまいました。反省です。
でも……お兄ちゃんはアリスと話してくれました。頭をなでてくれました。悩んでいる時に、助けてくれました。本気で戦っても、怖がることなくアリスと一緒に遊んでくれました――今度は寂しいからなんかじゃないです。

本当の本当に、彼が好きになりました。

「でも、今はまだしまっておきます」

笑った顔が好きです。ちょっと変なところもあるけど、一緒にいると楽しくなれるお兄ちゃんが、好きになったのです。でも、今はまだアリスも楽しく遊びたいから、しまっておきます。

具体的には本当のアリスが、このケットシー『桃色アリス』と同じくらいの身長になるまで。

「それまで、ダーリンは我慢しますね」

アリスはまだ子供だから、もう少し今のままで――でも、いつかは。

掲示板の皆さま助けてください　番外編　女子トーク

これは、村の大部分が完成して、お兄ちゃんが名実ともに村長になってから少し経ったある日のことです。

アリスは種族を変更してから変わった体の感覚を慣らすために村の広場で演武を行っていたです。30分ぐらい経った頃、不機嫌そうな表情でくノ一の桃子さんが近づいてきたです。

「…………ハァ」

「どうかしたです？」

「ああ、アリス殿でござるか」

アリスのことを見る桃子さんはその……この世のすべてを憎んだような顔をしていたです。

「ヒッ――」

「なんでそんなに怯(おび)えるでござるかぁ」

「そんな顔をしていたら誰だって怯えるです！」

まるでおばけのようでした。アリスはおばけが苦手です。

「拙者、もうどうしたらいいのかわからないんでござるよ」

「そんな涙目でどうしたのですか」

「…………アリス殿を恋の師匠と見込んで相談があるのでござる」

「あの、そのあたりのこと今思うと恥ずかしいですから蒸し返さないでくださいです」
自分の中で折り合いつけたのに、今までの言動を思い出して頭を抱えたくなるのです。だから、その話はしないでほしいのですが……桃子さんは聞く耳を持たず、アリスにグチを言い始めました。
「大体、よぐそと殿もよぐそと殿なんでござるよ。それとなく拙者がデートのお誘いをしても素材集めぐらいにしか思っていないんでござる！」
「……そもそも二人は恋人かと思っていたのですけど」
「違うんでござるよッ、意気投合して一緒に遊んではいるでござるが、別に恋人ではないんでござる…………仲のいい友人にしか思われていないんでござるよ」
「そ、そうだったですか」
「そもそも拙者が彼に気があると自覚したのは、つい最近でござるけど」
アリスがBFOを始める前から一緒に遊んでいたそうですし、その言葉は意外でした。
初めて会った時から仲が良さそうに見えていたですから。
「なんでまた、最近になって気が付いたです？」
「アリス殿のせいでござるよ」
「ちょっと、なんでアリスのせいなんですか」
おかげ、って言うならともかく、せいって何ですか。
「だって、アリス殿の村長殿へのアピールがあったからこそ、拙者もよぐそと殿と――って思っちゃったんでござるよ！　だからアリス殿のせいでござる！　アリス殿が村長殿に迫っているのを目撃したり、掲示板のラブハンターを知ったから拙者も自覚しちゃったんでござるよ！」
「ラブハンターはもうやめてほしいんです……その名は捨てたんです」
　それ、一番恥ずかしいヤツですから本当に勘弁してくださいです。
「だから、アリス殿は拙者の相談に乗る義務があるのでござる！」
「暴論、暴論です」
「というわけでアリス殿、あの鈍感男に意識してもらえる策を授けてください」
「そこからですか……アリスはもう素直に告白でもしてくださいとしか言いようがないんですが」
　実際、アリスもそんな感じの手しか思い浮かばないです。
「それで断られたら今の関係性が壊れるので嫌でござる」
「最初からあきらめていたらどうしようもないんですけど」
「分かっているのでござるよ。でも、今告白してもよぐそと殿のことでござるから、絶対に断るでござるよ！」
『某、ネトゲでそういうの求めていないんでござるよ』
「とか言って！」
「分かっているならゆっくり距離を詰めるしかないと思うです」
「でももどかしいんでござるよ！」

アリスも相当だとは思います。でも、桃子さんもかなり面倒な人です。

実際問題桃子さんが自分でどうにかする以外に方法はないんですけど、成り行きとはいえ相談されている以上無下にできないです。

というか、子供に相談している時点で間違っていると思うのですが。

「やはり、乳か！　乳が正義なのか!?」

「桃子さん落ち着いてください！　スレンダーなのが好きな人は結構いるって、お父さんの幼馴染のお姉さん（未婚）に聞いたことあるですから！」

「じゃあその人、意中の人と結婚できたでござるか？」

……………言えないです。ハッキリ聞いたことがあるわけじゃないですけど、そのお姉さんの意中の人がお父さんだったなんて。

「ま、まあそれはいいじゃないですか」

「やっぱり乳なんでござるね!?　アリス殿もちょっと膨らみあるでござるし――いや、流石にアリス殿はキャラクリでいじっているでござるか。種族変更もしているでござるし」

「いえ、身長以外は特に変えていないですけど」

「……………子供に負けたでござる」

「でも、桃子さんも潔くそのままの体型で遊んでいるじゃないですか」

「――――最大限に、大きくしてこの絶壁でござるよ」

何も、言えないです。ヤバいです。地雷だったです。

「ああ――ディントン殿から何割か奪えないでござるかね」
「怖いこと考えないでくださいです」
「乳さえ、乳さえあれば」
「誰か助けてほしいんですけど――本当、素直に言うしかないと思うですよ。ライバルが現れてからでは遅いんです」
「分かっているでござるよ。でも、よぐそと殿を好きになる女の子なんて、拙者ぐらいのものでござる！」
「……好きな人に結構なこと言うですね」
それ、魅力はないみたいに聞こえるです。
「拙者がよぐそと殿を好きになったのは、一緒にいて楽しいからでござる」
「…………その気持ちはわかるです」
アリスも、お兄ちゃんと一緒にいて楽しいですから。
「話が合う人って、一緒にいて心地いいんでござるよ。恋愛観以外は合うのでござる、肝心の恋愛観以外は」
「あ、あはは……」
苦笑いしかできないです。
「えっと、ライバルが当面現れそうにないならゆっくり距離を詰めていくしかないと思うですよ」

「それしか、ないでござるか」
「焦らず仲良くなっていくしかないです。時間はたっぷりあるですから」
「なるほど――師匠、ありがとうございましたでござる」
「師匠ってなんですか」
「ライバルが現れないうちは、焦っても仕方がないでござるよね――でもライバルが現れたらどうすれば？」
「………本当、どうすればいいんですかね」
正直、ディントンさんがお兄ちゃんのことを見る目が怪しいと思っているです。恋愛感情なのか、そうじゃないのか計りかねているですし、借りもあるので無茶な行動に出られない――そもそもそういう行動をとらないようにと決意したばかりですのに、すぐに行動するのも違うですし。
「どうすればッ」
「ああこれ、拙者地雷踏んだでござるね」
「先生、先生を招集します！」
「誰でござるか先生」

@@@

「で、ワタシのところに来たわけね」

「ご意見番のところに来れば安心です！」
「みょーん殿、そうか——既婚者のみょーん殿に聞けば解決でござるな！　旦那殿ともネトゲで知り合ったんでござろう？」
「その通りだけど、なんでワタシのところに来るのか」
魔女のみょーんさん、旦那さんとは以前遊んでいたネトゲで知り合ったアリスたちの大先輩です。彼女なら、的確なアドバイスを聞けます。
「でもアリスちゃん、まだ子供だからって控えているんじゃないの？」
「ライバルが現れた時のために聞いておきたいです」
「あー、そうよね。村長のことを好きになる子が現れるかもしれないし——唐突に奇行に走る彼についていける人なんてそれこそアリスちゃんぐらい規格外の子しかいない気もするけど」
でも可能性はゼロじゃないので。お兄ちゃん、素敵な人ですから。
「そのあたりはちょっと同意しかねるけど……アドバイスって言っても、ワタシの場合参考にならないわよ」
「どうしてです？」
「旦那と付き合うようになったのはオフ会もあった上での話だし、結婚式だってその時に遊んでいたゲームがサービス終了するからって残っていたプレイヤーたち最後のお祭り騒ぎになったのよ……プレイヤーほぼ全員に祝われるのは逆に怖かったわ」
「おおう……旦那は逃げられないでござるな」

「ちゃんと愛し合っています！」

「子供はいないんです？　そのゲームのサービス終了って10年前ですよね？」

「旦那の仕事も忙しいからねぇ、欲しくないわけじゃないけど——アンタらの面倒見ていたら疲れそうだなって気分になってくるのよね」

「す、すまないでござる」

「迷惑かけてごめんなさいです」

「まあ、そのうちね——一つアドバイスするなら、その場の勢いだけで想いを伝えないことね。VRでもここはゲーム。恋愛ごとを絡めるなら、それこそ相手と結婚してもいいと思えなければ付き合うのもやめたほうがいいと、ワタシは思うわよ」

「で、ござるよね」

「まあ、アリスはまだ子供ですので時間はたっぷりありますから」

お兄ちゃんも、そう歳は離れていませんので。それこそもうちょっと大人になってからで大丈夫です。

「こっちは成人済みなんでござるが」

「だったら子供に聞かないで自分でどうにかしなさいよ。ワタシもネトゲ婚だから人に強く言えないけど、桃子はもうちょっと自分で頑張りなさいよ」

「おっしゃる通りでござる」

「あ、あはは……」

「まったくもう――ところで、相談に乗ったんだから後ろの彼女どうにかしてくれない？」
「後ろの？」
「誰のことでござろうか――いや、この村の女性陣残り一人でござるけど」
「それもそうですよね」
振り向くと、両手に服を持ったディントンさんが立っていました。
目がギラギラと輝いていて、口からはよだれを垂らしています。
「美魔女にネコミミチャイナ服。そしてスレンダーくノ一。着せ替えがいのあるメンバーがそろっていますねー」
「うわぁ……」
「あのロリ巨乳、どうしてあんな顔しているでござるか？」
「村もほとんど完成したし、自分の趣味に没頭していたのよ」
「そういえば何日か姿を見なかったですね」
「ずっと服を作り続けていたんでござるか」
「たくさん服を作ったから、着てもらいたい欲求が高まっているのね」
「そんなのんきなことを言っている場合じゃないでござるよ！　捕食者の目でござるよ、彼女」
「さあ、モデルになるのよー！」
そうして、ディントンさんが飛びかかってきたことでアリスたちの恋愛トークは有耶無耶（うやむや）になったのです。

一つ分かったのは、アリスたちにまともな恋愛トークは無理そうということです。

それでも、時々お互いに恋愛ごとで相談し合うようになったんですけどね。妙な終わり方をしましたが、自分たちの本音で語り合ったおかげか皆さんとの仲が縮まったおかげだと、アリスは思うです。

まあ、ディントンさんは結構な割合でオチ担当になるのですが。

あとがき

書籍版からの方、はじめまして。ウェブ版から引き続きの方はお久しぶりです。作者のいそがばまわると申します。

この度は我が作品をお手に取っていただき、ありがとうございます。

未だ拙(つたな)い作品ではございますが、多くの人に楽しんでいただければ幸いです。

人生初の書籍化のあとがきということもあり、何を書いていいのかわからないのですが、とりあえずペンネームの由来……まあ、言わなくてもわかりますよね。ことわざからとっています。妙にしっくりきましたし、覚えやすいのが良いかなと。

オンラインゲームが題材ですので作者の経験談を話しましょう。

久しぶりにログインしたらフレンドの大部分が〝しばらくログインしていません〟の表示に。いや、自分も長いこと離れていたけど君たちもか、と。

悲しみを背負いつつ、レベルキャップが解放されていたのでレベル上げのためにクエストへ行くとそれはもうレベル上げがはかどる。ただ、装備レアリティの最大値が上がっていたので今までの装備が通用しない世界に。これが、ネトゲのインフレか。

最高レアが出ても使わない装備だったなんてこともありました。ネトゲあるあるですね。

そんな感じで、作者の経験談やら思いつきやいろいろなネタをごちゃ混ぜにして煮込んだのがこの作品です。プロットを書き溜めていた本作をウェブで投稿しておりましたが、ある日、書籍化しないかとお声をかけていただいて奇声を上げたあの日が懐かしいです。

お話を受けた後、加筆修正や改稿作業など、迷惑をかけつつもこうして書籍にしていただき頭が下がる思いであります。声をかけていただけるなんて思っておりませんでしたので、序盤の拙さが出るわ出るわ。

掲示板というよりはチャットルーム的な感じでツッコミ所も多いでしょう。現実にある某掲示板とはちょっと異なるということで。掲示板内で使う記号も少し違う感じにしてあります。

最後に、本作を見つけてお声をかけてくださったPASH！編集部の黒田様と担当の松居様、本作にステキなイラストをつけていただいたイラストレーターの落合雅様、そして本作を読んでくださった皆さま、ありがとうございます。

この本を読んでのご意見・ご感想・ファンレターをお待ちしております。
〈宛先〉　〒104-8357　東京都中央区京橋 3-5-7
（株）主婦と生活社　PASH！編集部
「いそがばまわる先生」係

※本書は「小説家になろう」（https://syosetu.com）に掲載されていたものを、改稿のうえ書籍化したものです。

掲示板の皆さま助けてください

2020年11月9日　1刷発行

著　者　いそがばまわる
編集人　春名 衛
発行人　倉次辰男
発行所　株式会社主婦と生活社
〒104-8357　東京都中央区京橋 3-5-7
03-3563-5315（編集）
03-3563-5121（販売）
03-3563-5125（生産）
ホームページ　https://www.shufu.co.jp
製版所　株式会社二葉企画
印刷所　大日本印刷株式会社
製本所　下津製本株式会社
イラスト　落合雅
デザイン　Pic/kel
編集　松居雅、黒田可菜

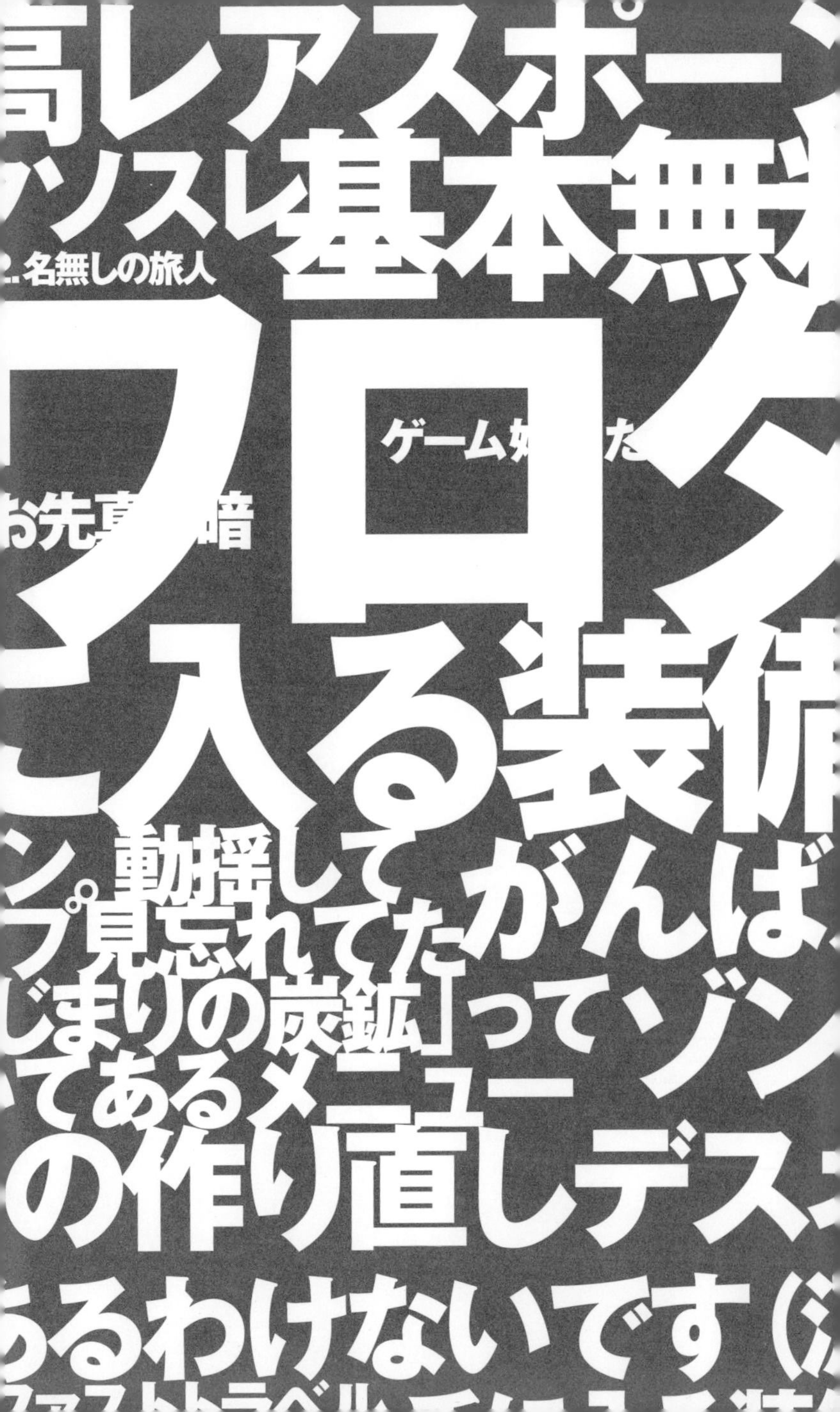
高レアスポーン
ンソスレ基本無
2. 名無しの旅人
フロ
ゲーム
お先
入る装
ン 動揺してがんば
プ見忘れてた
じまりの炭鉱」ってゾン
てあるメニュー
の作り直しデス
るわけないです（

基本無料
動揺して
見忘れてた
りの炭鉱」
ある
魔法使い
ggrk
ww
高レアスポーン
質問じゃないた
WWW
したみたいで